Laura Spinello

Le Parole di Thomas Sankara

In omaggio agli Ideologi dell'Identità Culturale e dell'Indipendenza Politica nel mondo

3

"Lo schiavo che non prende la decisione di lottare per liberarsi merita completamente le sue catene"

Thomas Sankara

In questo Romanzo ogni riferimento a fatti e persone è puramente casuale.

Sommario

Fuori dall'Italia...6

S-contenta...9

Un Mondo Nuovo...13

Cieli Diversi..17

La Malinconia della sera....................................22

Romantici d'Africa..28

Fede nei confronti di un Continente......................33

Errore ottico...36

E Invece Sì...41

Uno Iato tra Noi...45

Rapporti Interpersonali......................................49

Condotti alla Porta di un'Epoca............................53

Miraggio..57

Un Viandante Assetato.......................................62

Una cena a lume di candela.................................66

Re di Cuori...72

Esseri Passeggeri presi in un giro immortale............79

Mata Hari in persona...83

Thomas Sankara...91

Davanti all'Oceano Azzurro.................................97

Avevo Deciso..102

Arrivederci...106

Sdoppiamento...111

Il Bagaglio oscuro di Cronos...............................118

L'Età dell'Oro...123

Il Libello...127

Le Catene dello Schiavo.....................................132

Rileggendo meglio quelle parole..........................138

Aprire gli occhi sul mondo.................................144

La Vita del Leader burkinabè...............................148

Liberare l'Oppressore..156
Leggerezza e Pienezza..162
Il Governo Sankarista del Burkina Faso....................167
I Periodi della Vita..172
Presa di Coscienza..177
Mantenere la propria dignità di popolo....................182
Il caso ha voluto..189
Erano passati sei mesi..195
La Rivoluzione è donna..200
Capovolgimento delle sorti..205
Bene Sommo..210

Fuori dall'Italia

Mi faceva strano, molto strano per davvero, prendere le valigie, chiudere la porta di casa, e andare via.
Senza i nostri figli.

Perché ci apprestavamo a partire per quel lontano paese io e mio marito Claudio, da appena pochi giorni nominato Ambasciatore d'Italia in Tanzania.
A ottomila chilometri di distanza, niente di meno.
E io lo avrei accompagnato in questo lungo viaggio dall'altra parte del mondo, all'Equatore, nella veste di moglie, di consorte, con tutti i legittimi dubbi e le relative incognite del caso, da parte mia.

I nostri due figli, poco più che bambini, giusto appena adolescenti, sarebbero rimasti con i nonni materni, con i miei genitori a Roma, visto che qui frequentano la scuola, chiaramente, e visto pure che non ci sembrava il caso di portarli con noi in giro per il mondo, in questo caso trascinandoli fino in Africa Orientale Australe, ben più a Sud del Corno d'Africa.
Non ci sembrava opportuno, no, il fatto di scarrozzarli in un altrove tanto remoto rispetto all'Italia.
E non aveva neppure importanza quale fosse il Paese di approdo, perché di certo si sarebbe trattato di un

contesto molto diverso dal nostro, distinto dal nostro Paese per usi e costumi.

Perché questo nostro "capriccio", che tale poi non era visto che si trattava del lavoro importantissimo di mio marito, avrebbe costituito una condizione molto difficile per loro.

Va da sé che la vita in loco per i nostri bambini sarebbe stata assai più complicata rispetto al contesto familiare usuale al quale entrambi i nostri figli erano abituati.

Perché al "nuovo" ambiente non si sarebbero adattati tanto presto, e questo lo sapevamo benissimo.

Per ovvie ragioni, così almeno ci sembrava.

Visto il fatto che pur non essendoci grandi problemi in Tanzania, purtuttavia sia io che Claudio ritenevamo comunque il caso di garantire ai nostri figli quasi adolescenti, una vita tranquilla e serena quanto più possibile.

Soprattutto, consideravamo che fosse nostra cura e nostro dovere genitoriale, assicurare loro un'esistenza regolare e conforme rispetto a quella alla quale fin da piccoli erano stati abituati in famiglia, a casa nostra.

Per carità, con questo non voglio dire che in Africa Australe i bambini europei non possano vivere, perché sarebbe un'assurdità nei termini e mi rifiuterei categoricamente di avvallare un concetto tanto strampalato e peregrino come questo.

Assolutamente no, non intendo dire questo, infatti.

Semplicemente voglio sottolineare il fatto che tanto io che mio marito, molto prudentemente, non ritenevamo opportuno estromettere i nostri figli dalla loro cornice amicale e familiare, tranquilla e circoscritta, alla quale

tanto Federico che Mirta, rispettivamente di nove e di dieci anni, erano stati abituati fino a quel momento.
Tutto qui.

Quindi, quella mattina partivamo in due, io e mio marito.

Che eravamo pronti ad imbarcarci per questo lungo viaggio all'Equatore, che sarebbe stato probabilmente un viaggio "nudo e crudo".
Dirimente.
Così pensavo, chissà perché, poi.

Un soggiorno africano che si sarebbe protratto nel tempo, per cinque lunghi anni, cosa che a me personalmente in quel momento di scoraggiamento psicologico, mi sembravano lunghi come una quaresima, come una vita ...

S-contenta

Con tutto, però, davvero non riuscivo a rallegrarmi per questa destinazione che la Farnesina, cioè il Ministero degli Esteri Italiano, aveva riservato a mio marito Claudio, con l'incarico -certo sicuramente di per sé prestigioso, non avevo dubbi- di Ambasciatore d'Italia in Tanzania.

In Tanzania, e più esattamente nella città costiera di Dar es Salaam che è stata l'antica capitale del Paese durante l'epoca coloniale, ma che da tempo non lo è più.
Pur restando, effettivamente, la città più importante della Tanzania tanto dal punto di vista commerciale che portuale ed economico, Dar es Salaam non è più da molti lustri la capitale politica.
Visto che la nuova capitale è Dodoma che si trova all'interno del Paese tra le savane e non già sul mare, non già di fronte all'Oceano Indiano.

Chissà, pensavo tra me e me, senza farne parola a Claudio, che forse avrei preferito per lui (e per noi) un'altra destinazione, per esempio l'incarico di Ambasciatore in una grande capitale europea, oppure in Medio Oriente, in quella moltitudine di nuove e fiammanti città stile Dubai o Doha o Kuwait City …

Oppure negli Usa, direttamente a Washington D C, per esempio.
Perché no?

Invece, per Claudio, la Farnesina aveva deciso l'incarico diplomatico in un paese dell'Africa Meridionale, niente di meno, e quindi da parte mia occorreva farmene in fretta una ragione quale che fosse e se possibile accettare come buona, se non addirittura come eccellente, questa scelta.

Perché così va la vita, mi dicevo, non sempre tutto procede per il meglio, dal nostro punto di vista, e non sempre le cose vanno per il verso "giusto".
Nella direzione di quello che noi stessi avremmo voluto e sperato e del quale ci saremmo augurati l'epilogo.
Un poco di saggezza popolare non guasta mai, in fin dei conti, mi dicevo.
Dunque, zitta e mosca, bisognava accontentarsi e accettare gli eventi, e procedere innanzi, facendo come si suol dire, "buon viso a cattivo gioco".
Di certo non ne avrei fatto parola a mio marito di queste mie considerazioni, meno che mai, visto che avrei avuto per tutta risposta da parte sua un ringhio di belva, legittimamente, e non ne valeva veramente la pena.

Questo significa chiaramente che non sono "un'africanista," come potete ben vedere, e che da parte mia ho invece sempre considerato l'Africa come un'entità geografica alquanto remota e relativamente inconoscibile, per definizione.

Un mondo molto lontano da noi in tutti i sensi, spazialmente e culturalmente, con il quale io personalmente non avrei mai fraternizzato.

Un mondo antico e venerando, ma proprio per questo caratterizzato da una "primordialità" anche paurosa.
Non so, evidentemente avevo in mente "Cuore di Tenebra" di Joseph Conrad (1899) che pure non avevo mai letto in vita mia.
Tanto grande mi appariva non solo il divario naturale, cioè l'ambiente, ma anche il divario "etico" e culturale, inteso in senso etimologico, come Ethos.
Tra Noi e Loro e tra il nostro "orizzonte culturale" e il loro.

Il mondo è grande per definizione, certo, e come tale è in-conoscibile in toto, visto che non possiamo presumere di poterlo conoscere globalmente.
Perché per conoscerlo anche solo in minima parte, forse non basterebbero neppure dieci vite spese esclusivamente a viaggiare.
Tuttavia, possiamo invece "eleggere" certi luoghi, un pugno di città e di Paesi da conoscere, e quindi da approfondire, in quanto più vicini e più congeniali a noi culturalmente e "moralmente".
Anche qui intendo la parola in senso latino, in senso etimologico, da "Mores".

Di certo, personalmente, non ero sensibile al fascino dell'Africa, forse perché non ero stata "sensibilizzata" nella mia vita rispetto alla dimensione culturale "africana", quella che invece per taluni rappresenta un oggetto di attenzione quasi esclusivo nonché di appassionato interesse.

In ultima analisi, io non ero sensibile a questo Continente, alla sua cultura e alla sua Storia, e punto.

Può ben essere, no?

E non posso neppure essere tacciata di "razzismo" e di "razzista", visto che per me tutte le razze umane sono parimenti degne e pregevoli, sono tutte parimenti belle, insostituibili, umanamente e storicamente "paritetiche".

Perciò da parte mia si trattava esclusivamente di una mancanza di interesse vero e proprio, di una pura e semplice assenza di sensibilizzazione acquisita rispetto a quell'insieme culturale e storico nonché maturale e geografico, che caratterizza non tanto il settentrione del Continente africano, perciò la cosiddetta Africa mediterranea, quanto il suo nucleo centrale, quello "Australe", che è considerato propriamente il suo nucleo, il suo plurimillenario cuore battente.

Quindi, partivo con questo senso di incertezza e di scontentezza nel cuore, in una condizione di insicurezza profonda.

Munita preventivamente, come se fosse stato uno scudo, di questa incalzante sospensione di giudizio nei confronti di un mondo che mi era realmente sconosciuto in toto, del quale in realtà non possedevo la benché minima idea ma neppure, se è per questo, la benché minima curiosità.

Un Mondo Nuovo

Era effettivamente un mondo nuovo quello nel quale avevamo messo piede quel giorno io e mio marito, in quella limpida mattina di una stagione indefinibile, in una strana primavera assolutamente benemerita e splendente, dalla temperatura perfetta e dalla luce encomiabile.

Mi sembrava, però, che ben poco in queste latitudini potesse ricordarmi il mio paese e la mia città d'origine, perciò l'Italia e Roma, ai quali sono legata da vicoli vivissimi.
Anche se noi eravamo stati catapultati in piena città e avevamo preso posto nella residenza che ci spettava e che ci aspettava.
In quella che sarebbe stata per cinque lunghi anni la "nostra" residenza, dunque la nostra casa.

Si trattava di una grande villa molto elegante e molto bella, dipinta di bianco e immersa in un giardino fiorito e profumato, costellato da alti alberi di Filaos e di palma da cocco, nonché da una molteplicità di siepi di piante grasse sconosciute e di siepi di Ibiscus dai colori fiammanti.

Erano Ibiscus gialli, rossi, e rosati, quelli che si alternavano in un mirabile colpo d'occhio nelle larghe aiuole verdi del prato perfettamente tosato e annaffiato, che circondava la villa posta proprio di fronte al mare, davanti all'Oceano Indiano.
Un oceano le cui acque scintillanti all'interno della Baia di Oyster, della Oyster Bay, esprimono una gamma di colori impensabili che sfumano senza soluzione di continuità dall'azzurro intenso, al turchese, al verde smeraldo.
Come prati novelli allo sbocciare della primavera.

Non potevo non riconoscere, volente o nolente e mio malgrado, la bellezza del luogo, la bellezza della Oyster Bay sulla quale si affaccia la città di Dar es Salaaam, il suo vecchio porto, il suo nucleo di edifici più antichi e la silenziosa e dignitosa sequenza delle residenze dei diplomatici, nonché buona parte delle Ambasciate straniere accreditate nel Paese.

"Balozi", significa "ambasciate" in lingua Kiswahili.

Certo, dovevo ammettere spassionatamente almeno a me stessa, che la nostra residenza si trovava in un luogo molto suggestivo che nelle ore più calde del giorno era accarezzato comunque da un vento tiepido e oltremodo piacevole.
Da un vento cristallino che scompigliava buffamente i miei capelli tagliati "alla francese" come faceva con la chioma dei palmizi, sempre rilucenti e sempre spettinati.
E non potevo negare la bellezza del luogo, perché questa era per davvero un fatto evidente, pensavo.

Perché qui era semplicemente l'aria, la pura e semplice "aria" ad essere perfetta e oltremodo dolce ...

Così mi dicevo, incassando in definitiva il colpo che inopinatamente mi ero auto-inferta.
Era l'aria e il mio respiro che cambiava e che si modificava, drappeggiandosi molto naturalmente sul soffio lieve ed avvolgente, decisamente impalpabile e armonico, del vento leggero e costante che spirava incessantemente dal mare, dalla mattina alla sera, come una melodia ricordata nelle profondità del nostro cuore ...

E questo era solo l'inizio, il semplice Incipit del mio soggiorno in quella terra straniera che mi avrebbe però gradualmente risvegliata da una sorta di torpore preconcetto e catalettico, del quale neppure io stessa ne conoscevo la causa e neppure io stessa ne avevo fino in fondo contezza.
Perché non avrei mai immaginato che sposando Claudio molti anni prima, sarei finita un giorno a vivere in Africa Orientale Australe, visto che anche la carriera di mio marito era stata fulminea ed impensabile.

Io (Marcella) e lui, ci eravamo conosciuti in un'aula universitaria in un lontano giorno d'inverno, un giorno grigio e piovoso, deambulando entrambi come sonnambuli in attesa dell'inizio di una lezione all'Università La Sapienza, presso la Facoltà di Scienze Politiche.
Tra i banchi di una grande aula, in attesa di una lezione di Diritto Internazionale, pensate un poco, perché per davvero mi sembra che sia passata una vita, da allora ...

Ma Claudio era andato avanti, come un treno rapido, con i suoi esami e con i suoi studi, giungendo velocemente alla Laurea in Scienze Politiche, mentre io da brava cretina quale ero allora, mi ero fermata di botto dopo un luminoso esordio.

Allarmata o forse scioccata (e bloccata) da un esaurimento nervoso infausto che mi aveva psicologicamente distrutta e disarmata, dilaniandomi in vertigini e attacchi di panico quotidiani e apparentemente incurabili.

Può succedere, mi dico oggi, guardando le foglie aghiformi e argentee delle casuarine che ornano il nostro bel giardino, anche questo può succedere ...

Eppure io non sarò mai come lui, come Claudio, mio marito.

Che è stato più valente di me negli studi che gli hanno spalancato le porte dorate di una brillante carriera nella diplomazia italiana.

"Accidenti", e lo dico bonariamente tra me e me, credetemi ...

Mentre io sto qui a fare la moglie e a pendere, come un salice piangente affacciato su uno stagno campestre, dalle sue labbra egemoni in senso meramente "patriarcale" ...

E questa è la ragione per cui debbo tacere e debbo fare "buon viso a cattivo gioco", anche se riconosco di vivere una vita da donna subalterna e forse anche un bel poco frustrata.

Cieli Diversi

Ma quello che in quei giorni affaccendati e sorpresi e forse anche sospesi scoprivo, mio malgrado, era un cielo diverso, assolutamente "diverso".
Perché qui in Africa il cielo, la volta celeste, mi appariva molto più bella e sicuramente molto più pura rispetto al "nostro" cielo.
Strano a dirsi, ma era -ed è- così.

Sappiamo (ma forse non tutti sanno, è il caso di dirlo) quante e quali operazioni di "geo-ingegneria clandestina" vengono reiterate nei nostri cieli europei e in particolar modo proprio in Italia e forse soprattutto proprio a Roma.
Ogni giorno e in ogni momento del giorno, difatti, vengono propagati e diffusi nei cieli attraverso piccoli aerei anonimi, probabilmente vettori militari facenti capo alla Nato, una quantità sterminata di fumi velenosi.
Si tratta di vere e proprie sostanze tossiche per la salute umana e non solo, che clandestinamente appunto, vengono veicolate e diffuse mediante operazioni di aerosol ambientale effettuate in quota.

Tali vettori apparentemente anonimi, piccoli aerei di colore bianco, infatti, diffondono e spargono nell'aria sequenze di metalli pesanti, cocktail micidiali a base di veri e propri veleni, tali a tutti gli effetti per l'ambiente e per gli esseri viventi, nonché per l'intero ciclo biologico.

Si tratta di sostanze velenose a base di alluminio, di bario e di cadmio nello specifico, che sono destinate in primo luogo a modificare i cirri, le nuvole.

A cambiarne la forma, la consistenza, e il loro contenuto di umidità.

E chi ha occhi per vedere e orecchie per sentire non può che darmi ragione.

E su questo punto non credo che ci possano essere dubbi di sorta.

Così i cirri vengono dissolti e dissipati, prendendo la forma di una strana nebbia biancastra e velata permanente nel cielo, in cui consistono le cosiddette "velature" che hanno come conseguenza immediata e tangibile quella di creare un "effetto albedo" finalizzato ad oscurare la viva luce del sole, in primo luogo.

Stendendosi ed estendendosi come una sorta di cappa, di mantello, nella nostra atmosfera, cioè in quella parte dello spazio immediatamente prossimo alla nostra Terra, in quella zona intermedia e posta intorno al pianeta, situata idealmente tra la terra e il sole.

Certo, si tratta di operazioni militari e paramilitari che il braccio armato degli Usa, degli Stati Uniti d'America, cioè la Nato/Otan, ovvero il "Trattato dell'Atlantico del Nord", compie nei cieli di quei Paesi che sono sotto il suo diretto controllo (e dominio) militare, e che tra i suoi obiettivi contempla, tra l'altro, proprio quello primario di offuscare la luce solare.

Di diminuire cioè l'irradiazione, l'irraggiamento, naturale dell'astro sulla nostra terra, e dunque inevitabilmente anche quello di farci ammalare.

Fatto che necessariamente ne consegue, come è evidente e logico.

Fatto che, come tale, rientra in quelle politiche internazionali del tutto Occidentali e prodotto della cosiddetta "Anglo-sfera", di riduzione effettiva della popolazione mondiale.

Politiche che sono di stampo pienamente e apertamente Maltusiano, visto che oltretutto i vertici della Governance Occidentale non ne fanno mistero, da molto tempo.

C'è da dire anche questo e in modo molto chiaro.

Giacché una delle cose che nel "nuovo mondo" in cui eravamo approdati in quei giorni, la cosa che io avevo fatto subito, era stato proprio il semplicissimo e naturale atto di guardare il cielo.

Di osservare il cielo, la volta azzurra che qui è perfetta e splendente, e nella quale si muovono Naturaliter i cirri gonfi di acqua, di pioggia e di vento, che solcano il cielo e che proiettano la loro ombra vagante sulla terra e sull'oceano.

Giganti di pioggia e di vento, quali essi sono.

Cirri bianchi cotonati e grigio-rosati, a volte cinerini, che al tramonto, all'occaso dell'astro, navigano come sospesi nella volta trasparente dell'aria e che sovente orlano l'orizzonte oceanico a mo di luminosa corona aranciata, di ghirlanda argentea.

Disponendosi come una corona rosa-cinerina sull'orizzonte azzurrato delle acque.

Perché questo fatto lo dovevo -bene o male- riconoscere almeno a me stessa, e non potevo esimermi da questa constatazione gioco-forza, mi piacesse oppure non mi piacesse.

Il cielo che osservavo guardando verso l'alto, verso la sommità della volta, era lo stesso cielo che avevo contemplato durante la mia infanzia e nella mia prima adolescenza, era cioè un cielo "naturale e vero", era un cielo "autentico".
E soltanto questo pensiero mi dava conforto in quei momenti di terribile malinconia che si affacciava nel mio cuore soprattutto nelle ore serali, quando pensavo ai nostri figli lontani e a quella parte della mia famiglia che si trovava certamente in allegra compagnia dei nostri pargoli, ma a migliaia di chilometri di distanza da noi.

Inevitabilmente persa, nei fumi di una condizione spazio-temporale remota e per questo apparentemente irreale.
Inattingibile.

Solo Skype ci aiutava ogni sera a ricomporre il nostro quadro familiare e a ritesserlo dovutamente, sebbene a tratti mi sentissi realmente sganciata dalla mia famiglia.
Dissolta, sola e persa, come una Monade di Leibniziana memoria.
Perché era proprio il momento serale quello più triste di tutta la giornata.
E forse era l'unico momento veramente triste del giorno.
Era il momento in cui si riacutizzava in me, nel mio animo, quel senso di corale malinconia e di esistenziale tristezza che io stessa sopportavo a malapena e quasi

con dolore, nei meandri del mio cuore inspiegabilmente afflitto.

Era il PC, il personal computer volante, con il suo sacrosanto Skype, per fortuna, che riannodava correttamente i nostri legami familiari e che li vivificava, fornendoci le immagini allegre dei nostri figli e dei nostri genitori, e dei nostri parenti in generale.

In una condizione di Real Time che mi lasciava assolutamente stupefatta e incredula.

La Malinconia della sera

Trascorrevo le mie giornate impegnata fino all'inverosimile in mille affari imprescindibili, in balìa di rapporti sociali nuovi e molteplici che erano comunque dovuti, necessari, indispensabili, e inevitabili nella mia situazione, nella mia veste sociale.
Nella nostra situazione, anzi.

Visto che come ambasciatrice, cioè come consorte dell'Ambasciatore italiano accreditato in questo Paese, stavo mettendo in marcia dal canto mio una cospicua trama di relazioni sociali tutte necessarie e indispensabili al proficuo lavoro diplomatico di Claudio.
E dunque mi sforzavo di essere socievole, inevitabilmente e per forza di cose.
Visto che lo dovevo fare, mi piacesse o meno, ma lo dovevo fare.

Anche se l'antimalarico che prendevamo per la profilassi, la Clorochina, mi "stendeva" drammaticamente, mi sottraeva quelle forze che sapevo essere vitali e preziose, e mi spossava.
Nonostante sentissi che il farmaco a base di cloro e di chinino mi intossicava ogni giorno di più, e forse del

tutto inutilmente, nonostante ciò andavo avanti nella sua regolare assunzione una volta alla settimana.

Anche se qui, almeno in città, le zanzare erano poche e probabilmente innocue, cioè non anofele.

E pertanto avrei valutato attentamente nel corso del tempo a venire che cosa dovevo fare con l'antimalarico, in questo senso.

Tuttavia, per ora, continuavo ad andare avanti così, ingurgitando ogni settimana questa dose da cavallo, le due compresse del medicinale che forse era del tutto inutile, se non addirittura dannoso.

Ma avevo paura di prendere la malaria.

Perché anche la malaria cosiddetta "benigna", anche quella non è in fin dei conti ciò che si chiama una "passeggiata di salute", e temevo che non assumendo il farmaco con la dovuta regolarità, cioè settimanalmente, mi sarei esposta alla malattia.

Come del resto pensava mio marito, che non voleva neppure sentire parlare di interruzione della profilassi antimalarica perché per lui andava fatta, senza porsi neanche il problema.

Però, come vi dicevo, erano proprio le sere, le benedette/maledette sere subito dopo il tramonto, dopo il calare del sole, che una grande malinconia mi afferrava l'animo e lo avvolgeva come un guscio di conchiglia bianco-rosato, come un guscio di Ciprea. Sempre e inevitabilmente.

E non c'erano discorsi possibili e immaginabili per quanto allegri o impegnati, impegnativi o brillanti, e non c'erano intrattenimenti sociali e familiari in grado di appannare e tanto meno di fugare questo mio malessere psicologico serale.

Perché di certo, in fondo, di questo si trattava.

La mia era una tristezza assurda e sostanzialmente immotivata, ve lo garantisco, che calava il suo velo grigio e straziante sul mio cuore proprio quando il vento del tramonto si affievoliva e i cani vicini e lontani cominciavano a latrare e a latrare, persi nella limpida bruma aranciata della sera ...
In questa gigantesca piana che costituisce la parte Australe del Continente africano, nella quale si trova la Tanzania e, in essa, i meandri di questa città stranamente "levantina" (ma non poi tanto, vista la sua Storia) posta nell'occhio del suo nucleo centrico.

E l'eco serale, serotino, dei latrati dei cani si diffondeva nell'aria trasparente, tra le ombre lunghe della notte che giungeva a grandi passi, mentre il sole si tuffava come una sfera infuocata e immobile nelle acque rosazzurrate e languide dell'Oceano.
Nel silenzio della brezza marina e nel sentore di canti lontani che giungevano fino a noi alla spicciolata, come puri echi dell'aria.

Mentre io e Claudio, alla fine della giornata di lavoro, nelle serate libere da impegni di rappresentanza, ben intabarrati come da manuale, osservavamo dal portico fiorito affacciato sul giardino, il giorno finire e il cameriere fardato di bianco accendere le prime luci della casa, una ad una.
Mentre osservavamo illuminarsi pian pano anche le lampade a petrolio collocate sui loro steli metallici

disposti regolarmente lungo i viali del parco già in ombra.

E in questa malinconica cornice serale, comprendevo anche l'usanza di molti stranieri, in particolare degli inglesi e degli anglosassoni in generale (perché gli inglesi come anche i portoghesi sono sempre presenti in queste latitudini africane australi) da che mondo è mondo, di passare la serata con il bicchiere di wiskey o di gin in mano.
Con il bicchiere di Burbon inevitabile, stretto tra le dita della mano come un trofeo di guerra innalzato contro ignoti senza volto, contro ignoti "descarados" ...
E di affogare in queste bevande stordenti proprio quel senso di malcelata malinconia che sorprende inopinatamente lo straniero e il viandante in queste latitudini, in queste atmosfere di compreso silenzio.

Ma io da "sobria" quale ero, avevo difficoltà ad affrontare questa inevitabile malinconia serale, questa "Saudade" di qualcosa di indistinto e di incomprensibile, questa sorta di "carenza esistenziale".
Perché questo sentimento serale nasce da un senso reiterato di solitudine e di paura, ma anche da una percezione di inevitabilità legata, in quanto connaturata, alla nostra stessa vita, alla nostra stessa specifica condizione generale e basilare di esseri umani "caduchi" e mortali.

Perché questa malinconia "indefinibile" che carpisce il nostro animo quando giunge la sera in queste lande, è realmente l'espressione di quel senso di solitudine esistenziale che nasconde in Suo Esse una matrice biologica fondamentale e che è presente ab initio in noi, in tutti noi.

Una matrice biologica ultima ed ineliminabile, perfettamente descritta nel Poema ermetico Quasimodiano che recita che "Ognuno è solo sul cuore della terra, trafitto da un raggio di luce, ed è subito sera" (1930).

Non a caso, durante il giorno siamo presi dalle nostre attività che sono prettamente sociali e mondane, e in tal modo dimentichiamo questo puro e semplice fondamento biologico della nostra esistenza, del nostro Ego naturale individuale.

Che consiste nella solitudine monadica e assoluta dell'Essere vivente inteso come tale, cioè come Bios.

Infatti, questo sentimento "critico" lo dimentichiamo durante il giorno, nelle ore diurne appunto, nelle quali si conferma invece e prevale in noi candidamente, Sic et Sempliciter la matrice prettamente sociale, civile e culturale, della nostra esistenza mondana.

Quella stessa matrice prettamente culturale ed etica che la Civiltà come tale, con tutti i suoi vantaggi e i suoi svantaggi, con tutti i suoi meriti e i suoi demeriti, con tutti i suoi limiti di Freudiana memoria, ha costruito e intessuto intorno alla nostra persona individuale e alla nostra vita socialmente "orientata".

Per dirla con Claude Levi-Strauss, a proposito del concetto di "orientamento culturale" del nostro pensiero, così come è espresso nel suo capolavoro che è proprio il suo saggio princeps, cioè "Antropologia Strutturale" (1958).

La nostra vita sociale che è storicamente stata tessuta e intessuta dalla nostra Civiltà di riferimento come un arazzo di Scuola Fiamminga, nella trama composita dei rapporti familiari, parentali, amicali, di lavoro e di svago, che ornano e incorniciano in modo ancillare la nostra umana esistenza.

Conferendole un senso culturalmente e mondanamente aggiuntivo rispetto al nostro puro sostrato biologico. Aggiungendo all'esistenza biologicamente data un senso sociale che è chiaramente determinante in noi e per noi.

E tutta la sfera dell'Ethos e dei Mores è contemplata e compresa ed è agita da noi, nell'accezione pienamente storica e culturale della nostra vita.

Compresa la realizzazione del nostro Ego sociale.

Romantici d'Africa

C'era nel nostro entourage di allora, ricordo, un uomo che fedelmente rispecchiava questo cliché, questo prototipo di romantico "byroniano" o "conradiano" dell'ultima ora.

Relativamente alla connotazione che qui esprimo nel concetto "dell'ultima ora", chiarisco che è un'idea mia, soltanto mia.
Si tratta infatti esclusivamente di una mia opinione personale e niente di più.

Lui era, infatti, un "romantico" della nostra contemporaneità.

Visto che tale giudizio espresso nei confronti di questa persona ve lo fornisco io stessa conversando con voi, anzi, scrivendo queste mie riflessioni che sono dirette a voi.

Perché queste figure, questi tipi umani, sono senza tempo, letteralmente, e in certi luoghi lontani del mondo che qui intendo esclusivamente in senso geografico rispetto all'Occidente inteso erroneamente come "centro", questi prototipi umani, dicevo, sono sempre stati pienamente attuali e continuano ad esserlo, rimanendo perciò oggettivamente contemporanei.

Considerato il fatto che le mode, che tutte le mode indistintamente dalla prima all'ultima, appartengono non tanto ai tempi quanto ai luoghi, contrariamente a quanto crediamo, perché proprio questo c'è da dire.

E ciò che a noi italiani contemporanei appare a prima vista come antiquato, fuori moda e stantio, altrove è invece perfettamente corrente e in auge, assolutamente in linea con la moda e lo stile dell'attualità.

In linea con il presente storico ma anche con quello metastorico, in quel preciso contesto geografico.

Perché in questi luoghi si muovono tali figure desuete, che erroneamente ci sembrano provenire da altre epoche e da trascorse stagioni, che sono storicamente alle nostre spalle.

Sono questi tipi, questi proto-tipi umani, che ci appaiono inevitabilmente come personaggi a "tutto tondo".

E in talune Enclaves tanto in Africa che in America Latina, in Sud America, deambulano costantemente proprio questi "personaggi" tanto peculiari anche se, ripeto, a noi risultano obsoleti e storicamente "superati" in base proprio a quel "pensiero unico" tanto deprecabile e tanto deprecato.

Tipi demodè, sicuramente, che non saprei definire se buffi o meno, ma certamente atipici per noi.

Perché essi ci appaiono come personaggi in qualche modo esagerati e caricaturali, "a tutto tondo", come vi dicevo.

E Carlo arrivava a Dar es Salaam proprio il venerdì sera, il fine settimana nel pomeriggio, regolarmente, a bordo della sua vecchia automobile bianca decapottabile ben tenuta e lustra, probabilmente un modello di Ford americana dei primi Anni Settanta del Novecento.

Giungeva in città, proveniente dall'interno del Paese dove lavorava come amministratore delegato di un'importante impresa multinazionale un tempo affiliata alla Anglo American Corporation e poi nazionalizzata dal governo indipendentista del Mwalimu Julius Nyerere, negli Anni Sessanta.

Comunque, lui era ancora lì, e di tanto in tanto veniva in Ambasciata dove appunto aveva conosciuto mio marito con il quale era nato un rapporto di reciproca stima e anche in certo modo di amicizia.

E qualche volta, previo appuntamento, Carlo si era presentato nella nostra residenza per un aperitivo serale o tardo-pomeridiano, come preferite, il venerdì sera, ed era stato proprio in quella circostanza che personalmente l'avevo conosciuto.

Era un uomo alto e corpulento di mezza età, Carlo, e vantava lontane origini italiane anche se aveva sempre vissuto in Africa Australe sin da ragazzo, prima in Sudafrica e poi in Tanzania, sembrava, prestando servizio sempre presso la multinazionale angloamericana.

Per lui il fine settimana era sacro e intangibile, e ogni Weekend si sobbarcava il suo lunghissimo viaggio, le centinaia di chilometri a bordo della sua grande e comoda automobile per ritornare in città, presumo dalla sua famiglia, dalla moglie e dai due figli che ricordo, per sentito dire, che all'epoca fossero già grandi e indipendenti, stando ai suoi episodici racconti.

Carlo era il tipico esponente di questo prototipo di uomo che si sentiva ancorato al Continente africano in maniera ineluttabile e ineludibile.

Dell'Italia non parlava mai, non ne faceva parola, e non saprei neppure dire se lui si ricordasse o meno delle sue origini familiari emilio-romagnole (forse, ma potrei anche sbagliarmi) perché con noi ne aveva parlato pochissimo, giusto un accenno.

Certamente, lui era a suo modo un grande conoscitore dell'Africa e nei suoi occhi azzurri stranamente velati da un filo di perenne malinconia, uno sguardo che non mi era affatto nuovo e che avevo colto sovente negli occhi di molti italiani "africanizzati", si leggeva una sorta di fatale rassegnazione.

Come quella di chi si è immolato per una "causa ideale" e si veda costretto perciò ad abbracciare nella buona come nella cattiva sorte tutte le inevitabili conseguenze storiche della sua scelta.

Tutte le conseguenze della propria decisione, dalla prima all'ultima, frutto reale e contingente della propria scelta di vita, con buona pace del suo cuore e con un evidente grado di fatalismo.

Con pura e semplice fatalità.

Perché amare l'Africa significa anche questo, mi dico, significa abbracciare idealmente la sua causa storica.

In toto, nella buona come nella cattiva sorte.

Perché si tratta a tutti gli effetti di una specie di matrimonio, quello che lega (e vincola) una persona a questo Continente, nella buona come nella cattiva sorte.

Quindi, Carlo restava comodamente seduto in poltrona nel salone della nostra residenza, davanti alla portafinestra spalancata sul giardino in penombra, con in mano il suo bicchiere di Burbon innaffiato con una punta di Selz e riempito con due cubetti di ghiaccio, e guardava silenzioso e compreso il tramonto scendere sull'oceano e il sole immergersi nelle sue acque crepuscolari.

E parlava con voce saggia e compresa dei piccoli fatti episodici occorsi, mentre si trovava a gestire le sue mansioni all'interno della grande azienda che un tempo era stata, appunto, una multinazionale importante con sede a Johannesburg, in Sudafrica.

Erano fatti episodici quelli che lui raccontava quasi distrattamente, certo, dietro ai quali si celava però come in un giuramento inespresso ma cosciente, la reiterata e ferma determinazione da parte sua di essere parte viva ed integrante di questo Continente insieme pervicacemente amato e sopportato con una qualche fatale rassegnazione.

Fede nei confronti di un Continente

Carlo aveva bisogno di bere il suo bicchiere serale di Burbon, uno o più di uno, chissà forse per mettere a tacere -anche lui come tutti noi- quella malinconia e quel vago senso di "Saudade", di nostalgia e di languore indefinibili, che certamente avranno qualche volta afferrato il suo cuore, in quei momenti siglati dallo spegnersi del giorno e dal calare della sera.
Nel corso della sua vita africana.
Alla quale reiterava il proprio assenso, come farebbe un devoto con il proprio atto di fede nei confronti della Divinità eletta e del mondo intero.

Si trattava, però, di un atto di fede alquanto Sui Generis, quello di Carlo.
Era un atto di quella fede che è intrinsecamente obnubilata dall'amore immolato sull'altare della grandezza e della maestosità di questo Continente, del quale ben poco sappiamo e del quale ben poco continuiamo a sapere, nonostante tutto.
Travolto psicologicamente da un ideale "prendere o lasciare" in toto, prendere tutto o lasciare tutto.

Certo, Carlo affrontava il suo umore serale con un bicchiere di wiskey tardo pomeridiano tenuto saldamente in mano, puntellando così le ragioni della sua psiche, molto egoisticamente, ma pur sempre legittimamente.

Come pure faceva mio marito che invece è sempre stato molto razionale dacché lo conosco e che difficilmente ha vissuto -e vive- situazioni paragonabili alle mie, tanto profondamente istintive e passionali.
Quindi, volendo, Claudio può perfettamente fare a meno di questo genere di palliativi psicologici e può evitare queste escamotages illusorie che a ben poco servono obiettivamente.
Mantenendo da parte sua interamente la propria flemma razionale.

Io no, purtroppo, come ormai sapete, non sono tanto razionale come potrebbe sembrare, almeno non lo sono fino in fondo e oscillo pericolosamente come l'ago di una bilancia, "tra l'essere e il dover essere".
Perciò il mio impatto serale con i tramonti africani è stato sempre triste e melanconico, da quando ho messo piede in queste terre.

Certo, in quelle sere mi mancava la mia famiglia, i miei familiari, i miei cari, al completo.
In primo luogo mi mancavano i miei figli e direi che mi mancavano anche i miei genitori, senz'altro, nonché i miei due fratelli con le loro rispettive mogli e i loro bambini, i miei nipotini.
Mi mancava l'allegria e il felice vociare, disordinato e stordente, ma tipico della vitalità infantile e del suo portato naturalmente ottimista e ottimistico, che per noi

adulti è vitale e che perciò quando è assente, ci manca infinitamente.

Perché quell'allegria infantile ci risulta imprescindibile e necessaria, visto che ci sostiene e ci conforta nelle avversità grandi e piccole della nostra vita di adulti, ritenuti in linea di principio "responsabili", come si suppone che noi dovremmo essere.

E questa tristezza che sentivo pesare come un macigno sul mio cuore, che percepivo come stranamente avvolto dal guscio di una Ciprea biancorosata, come quelle bellissime che popolano i fondali corallini dell'Oceano Indiano, non mi lasciava vivere serenamente quei giorni e quelle sere.

I giorni che, nelle ore diurne, si palesavano densi e indaffarati ma che la sera, al calare del sole, mostravano tutto il loro infelice risvolto.

Come una moneta con due facce.

E proprio così immaginavo la mia esistenza qui in queste lande, proprio come una moneta con due facce.

Perché questi momenti rappresentavano le due facce di una stessa medaglia, che era insieme solare e vitale di giorno, ma triste e desolante, di sera.

Errore ottico

Eppure, mi dico con qualche certezza, che il mio -e il nostro- non è che un errore prospettico.

Sbagliamo la visuale e ci inganniamo, tutto qui.

Ci poniamo in modo errato nei confronti del mondo, reiterando i nostri culturali canoni di pensiero, allorché viviamo in queste terre che sono "ontologicamente" diverse.

Perché questo Continente, e soprattutto la sua parte Australe non è per nulla, culturalmente parlando, simile all'Europa e all'Occidente in generale.

Nel bene come nel male.

Nonostante i molti secoli di storia e di cultura coloniale.

Considerando il fatto che la Tanzania è una delle patrie etno-storiche della famiglia allargata, estesa, tipicamente tradizionale.

Perché è proprio questa la culla della "Ujamaa", parola Kiswahili che significa "Famiglia estesa".

L'Africa Australe, in generale, è il luogo d'origine della famiglia estesa, intesa come trama fondamentale di rapporti incrociati all'interno della società nel suo complesso.

Intesa come la sua fondamentale "struttura di fondo".

La famiglia estesa è, infatti, quel nucleo sociale primario sul quale si dipana fondamentalmente tutta la società tradizionale nonché la sua "Etica" intrinseca.
Concetto, questo, che sarebbe diventato in epoca post-indipendenza, per il primo presidente della Repubblica Unita di Tanzania il Mwalimu Jiulius Nyerere, il nucleo strategico del "socialismo reale" nel Paese.
Perciò, lunga vita al collettivismo e alla collettività, intesa come espressione di una trama di rapporti interpersonali istituzionalizzati e profondamente radicati in ambito tradizionale familiare.

Perché la Ujamaa è una forma di socialismo Ante Litteram, che di per sé avrebbe potuto e dovuto costituire il modello sociale e produttivo primario della Tanzania e non solo, una volta che fossero stati pienamente decolonizzati e dunque fossero divenuti politicamente ed economicamente indipendenti tutti i Paesi della Regione.

Dunque, secondo tale concezione ampiamente diffusa dalla seconda metà degli Anni Sessanta del Novecento in poi, non ci sarebbe stato alcun bisogno per la stessa Repubblica Unita di Tanzania, nonché per gli altri Paesi della Regione, di mutuare dall'esterno il proprio modello socio-economico e organizzativo dello Stato. Perché bastava rammentare e mettere in pratica su larga scala quello stesso modello "socialista" autenticamente africano che da tempo immemore era già in auge tra i gruppi etnici dell'area.
Le forme di Ujamaa erano già capillarmente presenti sul vastissimo territorio Australe, visto che esse risultavano

fondate sulla tradizione plurisecolare della Regione Australe stessa.

Ovvero, quel modello sociale tradizionale fondato su una evidente quanto solida base familiare allargata era di fatto già ampiamente istituzionalizzato.

Proprio alla luce di queste considerazioni che sono evidentemente storiche, ritengo che per comprendere i rapporti interpersonali tradizionalmente definiti in tali contesti, sia necessario entrare in un'ottica prospettica diversa rispetto alla nostra ottica Occidentale contemporanea ed inforcare un genere peculiare di lenti, specifiche ed etno-storiche.

Che non sono certamente quelle legate all'individualismo che è l'elemento tipico del mondo Occidentale a partire proprio dalla nostra tradizione greco-latina.

Visto che tale prospettiva non fa che accrescere il nostro senso di solitudine e dunque di emarginazione inevitabile.

Questa nostra prospettiva "etnocentrica", con la quale tentiamo di approcciarci umanamente "all'altro" in questi luoghi, verso i rispettivi popoli.

Di questa mia considerazione avevo parlato con Claudio, con mio marito, sempre molto scettico, però, nei confronti di un pensiero che fosse anche minimamente più audace e meno scontato del solito "politicamente corretto".

Del "politically correct".

Tuttavia, lui è un uomo "ortodosso" in tutti i sensi e in tutti i campi, ed è profondamente allineato e pertanto appare anche quanto mai convenzionale nei suoi principi.

E infatti ritiene che il piano psicologico sia un ambito prettamente interiore e individuale e che, come tale, non può inficiare se non in modo marginale il nostro rapporto con la società nel suo complesso.

Ovvero, la nostra sfera privata non può entrare in alcun modo in conflitto con il mondo esterno storico e oggettivo, visto che secondo lui quest'ultimo non ha niente a che vedere né a che spartire con i nostri stati d'animo interiori, che sono pienamente individuali e personali.

Anzi, lui esclude recisamente che la nostra "interiorità" possa interagire con la sfera sociale, quella dei rapporti interpersonali oggettivi e storicamente dati, che si sviluppano nell'interazione con gli altri.

Non era necessariamente per contraddirlo, cosa che non mi interessava e che non mi interessa fare, ma su questo punto mi ero per così dire "fissata".

Letteralmente "fissata" da diverse settimane a quella parte, proprio riflettendo a ruota libera, per così dire.

Ritenendo dal canto mio che il mio Modus Pensandi, ammesso -e non concesso- che potesse ritenersi ragionevolmente "fruttuoso" in Italia e in Occidente, di certo non lo era qui, in queste terre lontane dall'Italia almeno ottomila chilometri, diverse e remote per Storia e per Etnostoria, fatta salva la breve parentesi coloniale.

Perché ritengo che sia molto difficile per chiunque di noi abbandonare alla deriva la nostra forma di pensiero che determina direttamente tanto il nostro Modus Essendi che il nostro Modus Operandi.

Fatto che ci consegna la misura dei limiti della nostra stessa Cultura e dunque della nostra stessa Civiltà, almeno in contesti storicamente diversi e in ambiti etico-morali distinti.

E Invece Sì

E invece sì, pensavo, perché la nostra disposizione interiore, la nostra disponibilità verso il mondo esterno tout-court, non prescinde affatto dalla cifra della nostra umana apertura verso l'altro, inteso in senso generale.
Ma neppure verso l'altro inteso in senso specifico, cioè verso il "diverso" da noi, tanto per Storia che per Cultura.

Dunque, non è affatto vero che nei nostri rapporti con il mondo esterno non entri compiutamente in gioco la nostra sfera individuale pienamente soggettiva.
Anzi, è proprio questa a determinare lo spessore intrinseco della relazione che teniamo con il mondo.
Certo, in base ai canoni standardizzati della nostra cultura di origine e di appartenenza, della nostra cultura di riferimento.
Perché proprio in questo consiste, a mio avviso, la difficoltà di approcciarci ad altri contesti che esprimono canoni culturali distinti.
E tale era, infatti, il problema insito nella mia interazione con la gente di questi luoghi.

Così mi dicevo tra me e me, mentre organizzavo con i due cuochi il grande rinfresco che si sarebbe tenuto in

Ambasciata, in concomitanza con l'arrivo di una delegazione del governo italiano, di lì a due giorni.

E insieme alle personalità del governo ci sarebbe stato anche un noto regista italiano, di cui qui non vorrei fare il nome per un fatto di riservatezza.

Dagli scrupolosi preparativi della cena, infatti, non potevo davvero esimermi, adducendo magari risibili quanto assurdi pretesti.

Perché questo era il mio compito, il mio specifico dovere istituzionale e diplomatico all'epoca, sebbene lo svolgessi, com'è ovvio, sul fronte più nascosto di una seconda linea di trincea e non su quella diretta e immediatamente visibile.

Perché anche qui, come in altri ambiti della socialità, c'è inevitabilmente tutto un lavoro e un lavorio di retroguardia portato a termine a monte, che non risulta immediatamente visibile ma che pure esiste ed è comprensibile e quantificabile, a ben vedere.

Si tratta dell'organizzazione dei pranzi e delle cene, dei rinfreschi, delle colazioni di lavoro, dei "breafing" e dei "vernissage" vari ed eventuali, il cui felice esito in tale contesto non è affatto cosa semplice e neppure scontata.

E questo mio impegno lavorativo di retroguardia, esercitato a monte degli eventi mondani tenuti in Ambasciata, lo intendevo e lo vivevo come se fosse stato il mio lavoro principale.

Da espletare con tutta la cura e con tutto lo scrupolo immaginabile, proprio nel migliore dei modi, nel modo più professionale possibile.

Perché poi?

Innanzitutto, direi, per non deludere le legittime aspettative di mio marito, alla cui considerazione tenevo chiaramente.

Perché effettivamente tutto avrei voluto a questo mondo, fuorché il fatto che Claudio mi considerasse come una moglie nullafacente e vagabonda, senza arte né parte, capace solo di approfittare delle situazioni felici pur di lucrare in vario modo e maniera.

Non era il caso mio, certamente, visto che Claudio mi conosceva bene e da molto tempo, e sapeva anche come la pensassi e come ragionassi su questi argomenti.

In fondo, ve lo ricordo di nuovo, io e lui c'eravamo conosciuti a diciannove anni (visto che siamo coetanei) tra i banchi di un'aula universitaria, in una lezione di Diritto Internazionale presso la Facoltà di Scienze Politiche dell'Università La Sapienza.

Eravamo poco più che adolescenti allora, e tanto basta.

Eppure, era soltanto di recente che il mio atteggiamento "interiore" nei confronti di Claudio era cambiato, proprio da quando Claudio aveva preso il suo "volo diplomatico", dopo aver concluso con successo gli studi di Scienze Politiche e dopo aver fatto il concorso al Mae come diplomatico di carriera.

E dopo essere stato nominato, in seguito ad una lunga gavetta, Ambasciatore italiano in Tanzania.

Da un po di tempo, però, i nostri destini individuali avevano preso strade diverse, distinte, almeno questa era la mia impressione, e il nostro sodalizio non solo sentimentale ma inizialmente -soprattutto amicale- era andato a farsi friggere, come si suol dire.

Era andato a farsi benedire, molto diplomaticamente ...

Forse era semplicemente il portato dell'età e delle conseguenti sempre maggiori responsabilità assunte da parte di entrambi via via che la carriera di Claudio andava avanti e che i nostri figli crescevano, e man mano che si aprivano per noi nuovi fronti di impegno, tanto da parte mia che da parte sua.
Seppure in modo diverso, ma pur sempre pressanti per entrambi.

Io mi ero assunta quasi totalmente la responsabilità della famiglia e del quotidiano rutinario e lui quella del lavoro e della sua carriera.
Della sua carriera diplomatica.

Tutto questo ci aveva reciprocamente allontanati, come e più della luna nel cielo di mezzogiorno.
E forse anche inevitabilmente.

A questo punto sarebbe stato necessario e provvidenziale trovare un Trade-union tra noi, qualcosa che ci riavvicinasse e che ci facesse di nuovo sentire come eravamo vent'anni prima, una coppia di compagni di vita e di avventura.
Compagni di traversie e di glorie.
Eppure, mi rendevo conto che per il momento il mio desiderio sarebbe rimasto semplicemente lettera morta, come si suol dire, e che ancora lunga doveva essere la strada per il nostro riavvicinamento.

Uno Iato tra Noi

Era successo che gradualmente, pian piano e un poco alla volta, il mio rapporto con Claudio era cambiato.
Anzi, era successo che fosse cambiato il nostro rapporto, perché debbo supporre che la cosa fosse stata reciproca.

Suppongo questo, senza averne tuttavia le prove, ovviamente.
Anche se questo andamento "decrescente" del nostro rapporto sentimentale e matrimoniale non l'avevo mai realmente appurato visto che scientemente cerco, per quanto mi è possibile, di tenermi lontana da questo genere di discorsi, da questo tipo di contestazioni e di "chiarificazioni" reciproche che normalmente costituiscono quella che può considerarsi la premessa o, addirittura la strada maestra, dei grandi dissidi che sorgono all'interno di una coppia.

Dissidi che magari nascono nella forma sibillina di piccole scaramucce di poco conto ma che alla fine, però, sedimentano incomprensioni reciproche e lacerazioni indelebili che vanno ben oltre i limiti di una recriminazione isolata e saltuaria.

Dissidi che procedono ben oltre un casuale e contingente battibecco che, come tale strettamente, prelude di norma ad una pace immediata.

Inizialmente, ad essere sincera, non mi ero neppure accorta di quanto stava succedendo tra noi.
Non mi ero neanche resa conto di quanto in realtà stesse cambiando proprio il nostro rapporto, il nostro sodalizio sentimentale, quello che esisteva da due decenni tra me e mio marito.
E su questo punto vorrei essere chiara.

Perché, vivendo -sia io che Claudio- vite diverse caratterizzate da obiettivi e da finalità distinte, con il puro e semplice passare del tempo era venuto a crearsi uno iato tra noi.
E quando alla fine un bel giorno mi ero "risvegliata" dal mio torpore mentale, dal mio "sonno dogmatico", e l'avevo compreso prendendone definitivamente atto, ne ero rimasta colpita, quasi scioccata, per quella che in realtà era ormai la situazione esistente tra noi.
E ne ero rimasta molto male, ve lo dico francamente.
Perché non immaginavo e non avrei mai neppure immaginato che qualcosa di simile potesse mai succedere tra me e l'uomo che consideravo "l'uomo della mia vita".

Ma com'era stato possibile?

Mi domandavo scossa, angustiata e afflitta, perché si trattava di un fatto profondamente negativo per me, visto oltretutto che in quegli anni densi di impegni da entrambe le parti, io mi ero immolata "anima e core" proprio unicamente sull'altare della causa familiare avendone tratto in definitiva, però, uno scarsissimo risultato, almeno in termini di amore matrimoniale.

Com'era stato possibile, mi domandavo, che nella nostra unione, in quella solidissima intesa da sempre esistente tra me e mio marito, si fosse venuta a creare nel tempo (non in due giorni, certo) una crepa tanto grande e tanto profonda?

Forse, appunto, irreparabile.

Continuavo a domandarmi questo, svegliandomi di soprassalto in piena notte, sudata fino al midollo nel tumulto di una tachicardia che mi faceva sentire il cuore in gola.

A mille.

Perché se fossi stata tanto, tanto, un poco più avveduta e più accorta nei miei rapporti quotidiani con mio marito, avrei dovuto sicuramente ad un certo punto capire che cosa stava succedendo tra noi.

Ma forse ero cieca e non vedevo la realtà.

Forse.

Salvo pensare che da molti anni a quella parte, più o meno da una buona decade, ero stata occupata full time nella cura e nell'educazione dei miei figli.

Visto che sentivo di esserne responsabile H24, come si dice in slang, sia per quanto riguardava la loro educazione che per quanto atteneva la loro stessa crescita.

Mi sembrava, però, che questi fossero esclusivamente pensieri miei e che, invece, non scalfissero minimamente mio marito, che non arrivassero neppure lontanamente a scalfire la sua mente.

E neppure a toccare la sua esistenza, mentre era quotidianamente preso da mille affari, da mille situazioni lavorative, a tutti gli effetti urgenti e improcrastinabili.

Bontà sua, mi dicevo, perché lui era tranquillo e andava avanti per la sua strada senza l'ombra di un dubbio.

Al contrario di me, che a tentoni cercavo di capire cosa stesse succedendo tra noi e cercavo di "trovare una quadra", come si dice, per affrontare -prima ancora che per risolvere- quello che sentivo, a torto o a ragione, essere diventato il mio problema con Claudio.

Rapporti Interpersonali

Buona parte della nostra vita si gioca sul piano dei rapporti interpersonali, delle nostre relazioni quotidiane con gli altri.
E' un ambito complesso e variegato quello della nostra socialità, dei nostri rapporti interattivi con il mondo e con gli altri, nei confronti del quale mio malgrado non ero come si suol dire tanto "ben attrezzata", evidentemente.

Circostanza che desumo Ex parte Post, necessariamente. Così pensavo in cuor mio, all'epoca.

Ero dunque arrivata in Tanzania anche con l'idea, non l'unica e non la sola, ma tra le altre, di dipanare questa matassa di fili di lana ingarbugliati che dominava da qualche tempo (anche se non ero in grado di computare quanto tempo, con esattezza) l'ambito dei rapporti tra me e mio marito, con la viva speranza di giungere a ripristinare quella Pax profonda e iniziale con lui, quella condizione di armonia piena e "inalterabile", quella situazione di "serena stabilità" che aveva animato per quasi due decenni il nostro rapporto di coppia, il nostro matrimonio, dominando pressoché incontrastata nel nostro rispettivo animo.

Certamente, questa non era l'unica finalità "interiore e psicologica" mossa direttamente o indirettamente dal mio cambio di vita e di ambiente sociale, anche se rimaneva ben occultata, prudentemente tale, dietro le quinte di ragioni ben più cogenti e oggettive.
Visto oltretutto il fatto che potevo benissimo sentire nel mio animo altre contraddizioni (in essere e in divenire) alle quali desideravo mettere mano in quel periodo, augurandomi in qualche modo di risolverle.

Ammesso (e non concesso) poi che tale percorso psicologico tessuto nel profondo del mio Ego, fosse destinato ad avere un esito felice come speravo e come mi auguravo che fosse.
Perché si tratta, nel caso dell'Ego e del Es Freudianamente intesi, di un terreno quanto mai impervio e minato, un terreno sdrucciolevole, che implica l'analisi introspettiva e psicologica e nel quale tutti i nostri tentativi possono alla lunga considerarsi delle vere e proprie trappole esistenziali sia per la nostra interiorità che per il suo riflesso nella nostra socialità.

Perché sono in buona parte trappole e chimere, queste auto-disamine introspettive, con le quali assai spesso non soltanto non risolviamo il problema interiore che ci assilla, ma ci complichiamo ulteriormente la vita, allontanando di fatto, proporzionalmente, il nostro stesso obiettivo.
Perché, effettivamente, il loro esito negativo deve poter essere sempre contemplato e anche doverosamente calcolato.
Ed io non faccio eccezione in alcun modo, suppongo.

Visto che in questo ambito ciò che vale per gli altri, vale anche per me, definitivamente.

Francamente, Claudio sembrava non avere di questi problemi interiori e psicologici, almeno così mostrava, perché ogni qual volta tentavo anche timidamente di abbordare il discorso, come per esempio quello della ricaduta sociale dei nostri "schemi mentali", lui faceva spallucce e glissava.
Ignorava, per meglio dire, l'esca che gli gettavo, riportando immediatamente il nostro discorso su fatti e su vicende concrete, anzi concretissime.
Che erano, presumo, quelle che nel suo paradigma ideale gli stavano più a cuore.

Del resto, pensavo pure, che se Claudio si fosse fatto tante "fisime" psicologiche come me, certamente non sarebbe mai potuto arrivare ad occupare la posizione che occupava nella diplomazia italiana, e tanto meno avrebbe potuto fare il lavoro che faceva.
Avere l'incarico che aveva.
Perché questa professione sarebbe stata per lui impossibile da espletare.
Così mi dicevo, e ritengo che allora non mi sbagliassi neanche un poco.
Perché, mi domando, quanto è rilevante la nostra predisposizione caratteriale nella scelta della nostra stessa prospettiva sociale ed in particolare di quella lavorativa?
La mia era una domanda retorica però, visto che mi era sufficientemente chiaro il fatto che nelle nostre scelte, non solo quelle di base ma anche quelle semplicemente quotidiane, che sono sempre comunque delle "scelte di

vita" grandi o piccole che siano, influisca la nostra stessa personalità, la nostra Forma Mentis che, come vi dicevo in precedenza, rappresenta la nostra precipua Forma Essendi.

Fatto che il pensiero filosofico greco sostiene nelle righe del principio del "En to Ergo, to On".
Ovvero, l'affermazione che evidenzia che è proprio nell'Opera che si esprime la Persona.
Perché il nostro Modus Essendi si evince pienamente proprio dal nostro operato, dal nostro stesso Modus Operandi.
In ciò che noi realizziamo, ciò al quale noi stessi mettiamo capo nel corso della nostra esistenza mondana.

Per tale ragione, a Latere delle parole e dei discorsi, che restano comunque sempre un fondamentale Speculum della nostra personalità in cui parte del nostro Ego si esprime indubitabilmente, appaiono soprattutto rilevanti le nostre opere, To Ergon/ Ta Erga.
Le opere che propriamente rappresentano il Signum del nostro essere storico, sociale, ed etico peculiare.

Questi discorsi li facevo tra me e me, nel chiuso del mio Ego "affabulatorio", senza parlarne con mio marito.
Fatto che si aggiungeva, a mo di ulteriore tassello, a quell'Incipit di incomunicabilità che stava gradualmente prendendo piede nel nostro rapporto e che avrebbe potuto condurci ad un allontanamento definitivo.

Condotti alla Porta di un'Epoca

Sovente succede che i rapporti sentimentali si chiudano da soli, semplicemente, come se una mano invisibile ci conducesse alla porta di una lunga stagione vissuta che è tuttavia agli sgoccioli per noi.

Veniamo condotti così, passo dopo passo, alla porta di un'epoca e ci accomiatiamo con quella che è stata per molti anni e, a volte per interi decenni, una stagione lunga e importante della nostra vita.
Una stagione che erroneamente pensavamo che sarebbe stata "eterna", che non sarebbe mai finita, se non con la conclusione della nostra stessa vita.
Comunque non a causa di una nostra o di una altrui scelta.

E qui l'uso del termine "eternità" è inteso sempre nei limiti temporali e storici della nostra circoscritta esistenza mondana e terrena reale, e non in assoluto.
Perché non c'è nulla di assolutamente "eterno" nella nostra esistenza fisica e mondana.
Per definizione.
Vorrei essere chiara sull'uso esatto dei termini, ragione per la quale intendo circoscrivere con "dovizia

concettuale" l'ambito della mia riflessione per non dare adito ad equivoci semantici vari ed eventuali.

Oppure, ancor peggio, esprimendo sulla falsariga di concetti triti e ritriti, la serie rutinaria di banalità da "canzonetta" che nello specifico francamente non mi appartengono neanche un poco.

Perché non necessariamente i rapporti sentimentali e matrimoniali si chiudono con strepito di grida e di litigi, almeno non è sempre così, per fortuna.

Con piatti e pentole carambolati dabbasso, gettati rabbiosamente dalla finestra, e con vicini di casa che ascoltano allarmati il nostro sbraitare da mercato del pesce ...

Mio marito, per esempio, non sarebbe mai stato uno di questi, mai e poi mai, giacché questo modo di fare non era -e non è- insito nei suoi comportamenti.

Visto che tale Modus Essendi non avrebbe mai fatto parte delle sue consuetudini di vita, a differenza di me probabilmente, anche se non ci giurerei ...

Però, come vi dicevo, all'epoca ero decisa a recuperare terreno al nostro rapporto matrimoniale assai più che, invece, a cominciare una lunga serie di ostilità che di fronte al carattere di Claudio, presumo, avrebbero soltanto peggiorato la nostra crisi, ma certamente non l'avrebbero risolta.

Volevo, comunque, approfittare dell'assenza momentanea dei nostri bambini, del fatto che nel bene o nel male essi erano lontani da noi e si trovavano affidati in quel mentre alle cure amorevoli dei miei genitori ad ottomila chilometri di distanza, per concentrarmi liberamente su questo "nostro" problema di coppia, con l'intento di risolverlo con mezzi e modi pacifici.

Si trattava però di un problema che sembrava avvertissi soltanto io e non mio marito, il quale continuava imperterrito il suo cammino come se non esistessero problemi tra me e lui.

"Beata ignoranza", mi dicevo, pensando a come Claudio riuscisse ad ignorare con grande nonchalance qualsiasi problema che ritenesse marginale o secondario nella sua vita, semplicemente facendo finta di niente.

Semplicemente fingendo noncuranza.

Ma come faceva a non rendersi conto, Claudio, del fatto che da quasi due anni io e lui dormivamo in letti separati e in camere diverse?

Era tutto "normale" per lui?

Era ammirevole, comunque, il suo atteggiamento! Perché era davvero encomiabile, rincaravo tra me e me con un certo dispetto, il suo rifiuto di ammettere la Realtà.

Perché il suo Modus Operandi era fondato sul presupposto coriacemente reiterato a sé stesso, che tutto ciò che a lui in qualche modo non piaceva e non gli garbava accettare, potesse e dovesse essere ignorato o semplicemente negato.

Negandone l'evidenza e l'esistenza.

Perciò, accanto al mio impegno sociale e "diplomatico" per interposta persona, che costituiva per me un vero e proprio lavoro -perché non potevo sbagliare in questa situazione!- espletato a fianco di mio marito in Ambasciata e in suo collaterale supporto, mi ricavavo alcuni momenti di pace.

Erano momenti di quiete che dedicavo a me stessa interamente, come se fossi stata una "paranoica" del benessere psico-fisico.

Erano spezzoni di giornata che dedicavo soprattutto all'analisi di quelli che sentivo come miei problemi.

Problemi e malesseri di natura marcatamente interiore e psicologica, che consideravo esclusivamente "miei" e che come tali mi obbligavano a cercare strade di riflessione per dipanarli, come si fa con un gomitolo di fili di lana ingarbugliati da districare pazientemente.

Allora, se avevo tempo e voglia, mi alzavo presto la mattina e, alla chetichella, andavo a camminare sulla spiaggia, dove le donne erano già all'opera con le loro zappe e rastrelli, con le loro ramazze, intente alla coltivazione marina delle alghe e munite di secchi, di catini, di cesti e di sacchi, e di tutti gli strumenti di lavoro necessari.

Ed erano già sulla spiaggia anche i pescatori che apprestavano le loro reti, deponendole nei loro Ngalawa, che sono quelle tradizionali e antiche imbarcazioni di legno a bilanciere, secolarmente in uso in questo tratto della Costa Orientale del Continente.

La Costa che si affaccia sull'Oceano Indiano e che parte orientativamente dalla Somalia, dal Corno d'Africa, e arriva fino al Nord del Mozambico.

Inglobando in pieno l'Enclave dell'Africa Swahili, di lingua Kiswahili, che si trova geograficamente collocata al centro di quest'Orizzonte storico e culturale.

Miraggio

E proprio una di quelle mattine avevo abbandonato gli ormeggi al vento …
Letteralmente.

Perché dopo aver fatto una bella passeggiata a piedi scalzi sul bagnasciuga in un momento di bassa marea sull'oceano, tenendo in mano le mie infradito di gomma visto che mi trovavo prudentemente senza borsa, mi ero seduta sotto all'ombra velata di un palmizio filiforme e antico che si trovava davanti al mare, a filo dell'arenile.

E stavo giusto pensando con molto dispiacere, peraltro, come da due mesi a quella parte, proprio da quando eravamo arrivati in Tanzania, mio marito non mi avesse mai degnato neppure di una carezza, neppure di mezza carezza ...
Né io avevo degnato lui, di conseguenza.
Dato che questo genere di attenzioni e di affettuosità sono reciproche e non ammettono unilateralità se non in casi estremi che io definisco a ragione "disperati".
Perché in questo ambito più che in altri, a mio parere, vale il principio universale del "Do Ut Des" di latina memoria.

Almeno, io personalmente non ammetto forme di unilateralità in questo campo prettamente sentimentale e affettivo, nell'ambito, cioè, delle reciproche tenerezze.

E non sarei mai neppure in grado di ammettere alcuna forma di disparità, in tale prassi.

Ero seduta, dunque, nel cerchio coperto dall'ombra velata di quell'alto palmizio la cui chioma sempreverde veniva a tratti scapigliata dal vento che saliva dal mare in folate brillanti e iridate, mentre proiettava la sua ombra intermittente sulla sabbia.

E mi trovavo a riflettere su quel senso -in fondo peregrino- di solitudine persistente che sempre più spesso ormai afferrava il mio animo soprattutto al tramonto, al calare della sera.

Quando la luce del giorno scema quasi improvvisamente e quando si allungano le ombre scure sul portico davanti al giardino che circonda la nostra casa.

E mi dicevo che non potevo addebitare la mia intera malinconia e il mio senso profondo di solitudine solo ed esclusivamente a questi luoghi, anche se una parte in causa l'avevano pure essi.

Perché in cuor mio avevo ragioni da vendere per essere triste e per sentirmi sola.

L'assenza dei bambini, da una parte, la lontananza dei miei strettissimi familiari e dei miei genitori in particolare dall'altra, concorrevano a determinare in me questo senso di solitudine e di abbandono "serotino", che sentivo a tratti quasi tormentoso nel fondo del mio animo.

Ma a tutto questo dovevo aggiungere, però, anche lo stato dei miei rapporti con Claudio che erano non soltanto carenti, ma addirittura inesistenti.

"Ma scusa un poco", avrei tanto voluto dire a mio marito, "Che cavolo intendi fare con il nostro rapporto?".

Avrei tanto voluto porgli questa domanda, ma francamente non ne avevo il coraggio.
Non trovavo il coraggio di dirgli queste parole ...
Sembrerà strano, ma era proprio così.
Non trovavo il coraggio di fare questa domanda a mio marito, questa era la ragione.
Visto che lui non è di certo uno sciocco, ma anzi è decisamente tutt'altro.
Non è uno sciocco dell'ultima ora Claudio, no, per davvero, questo è poco ma sicuro, e le situazioni nonostante tutto le comprende perfettamente, magari senza darlo troppo a vedere.
Perché è molto difficile ingannarlo.
Per questo motivo, lui stesso non poteva non rendersi conto, non poteva non capire, che il nostro rapporto era arrivato ad un qualche capolinea, ad un qualche genere di epilogo, vai un poco a sapere quale ...
E con questo, si stava esaurendo anche la nostra unione, il nostro matrimonio.

Allora, mentre stavo pensando a tutto ciò, ad un tratto la mia mente aveva fatto piazza pulita di tutte le domande e di tutte le possibili risposte, e di tutti i problemi che assillavano la mia vita in quei giorni tormentati.
Perché improvvisamente, proprio da un momento all'altro letteralmente, ero entrata in una dimensione puramente contemplativa del mondo, dell'Esistente.
Se così vogliamo dire.

E altrettanto improvvisamente, avevo perduto la cognizione del mio dolore interiore.
E il mio dolore interiore si era polverizzato in un istante sorprendentemente, ed era scomparso, fuggendo a gambe levate e scomparendo nel nulla.
Si era semplicemente dissolto ...

E questo era stato un evento improvviso ed imprevedibile, visto che si era trattato -insieme- di un'intuizione fisica e psichica.
Era stata l'intuizione di una condizione dell'Essere, nella quale mi sentivo galleggiare come sospesa sul mondo, senza alcun pensiero che non fosse semplicemente il mio respiro vitale.
E galleggiavo sospesa sulla superficie dell'Esistente ...

Galleggiavo, come sospesa, sulla corrente vitale del beneplacito mondo, mentre i miei occhi si concentravano sulla linea azzurra dell'orizzonte e sui cirri cotonati bianco-cinerini dalle fantasiose aeree forme di zucchero filato delle giostre domenicali della nostra lontana infanzia.
Quei cirri sospesi nella volta turchese dell'aria, mi riportavano ai tempi della mia infanzia.
E accompagnavo con lo sguardo distratto i voli sparuti degli uccelli marini che andavano e venivano da una parte all'altra della lunga baia, con stridii di rondini in primavera.

Era stato un miraggio, questo, che mi indicava in modo fulmineo e intuitivo una cosa, una sola cosa.

Ovvero, che è possibile vivere felicemente, e che questo sentimento è pienamente alla nostra portata.
Quando allontaniamo la congerie dei nostri tormentosi pensieri che, come un liquame infausto, affollano indesideratamente la nostra mente e il nostro cuore.

Un Viandante Assetato

Perché si era trattato di un miraggio, soltanto di un miraggio, quella mattina ...
Perché avevo sperimentato, senza volerlo, una condizione di pace e di benessere psico-fisico che mi aveva investita come un vento di primavera carico di profumi, in quella luminosa mattina.
Ma era stato solo un miraggio il mio, pensavo tra me alquanto disillusa.
E mi vedevo come un viandante che attraversi spazi interminabili e desolati, assolutamente border-line.

Perché dissipato il miraggio, dispersa e fugata quell'immagine di pienezza, nella stessa luminosità dell'aria, nella brezza iridata di quel mattino splendente, mi sentivo come un viandante assettato e perso tra le dune rossoaranciate del deserto, nella grande piana Sahariana.
In cerca di acqua, di acqua da bere.

In cerca di una sorgente, di una fonte, di un Manantial, di un calice trasparente di acqua pura che affiorasse dalle remote profondità della Terra seguendo il cammino di antichi canali e di venerande condutture ferruginose, fino a sortire dalle fresche e umide labbra di una fonte nascosta tra le allegre verzure di palmizi sempreverdi e di gradini di bianca roccia quarzica ...

Acqua limpida ed eterna, stillante goccia a goccia dalle profondità rocciose dell'Orbe, seguendo itinerari remoti occultati tra le sabbie ramate e le pietre verdiazzurre.

Nel corso dei millenni passati e di quelli a venire...

Acqua che stanca in apparenti laghi luminosi che appaiono e scompaiono come Mirabilia "mirabolanti" in lontananza, davanti agli occhi accecati del viandante esausto e stremato che deambuli tra le dune ramate sotto ad un cielo di opale splendente, nel quale troneggia intangibile e assoluto l'Astro infuocato.

Nella sommità della volta turchese, immoto e perpendicolare, su in alto, in alto allo Zenit.
"Acqua, acqua ...", avrei voluto gridare, con tutta la voce che mi restava in gola.

Eppure mi rendevo conto, mio malgrado, che quella sensazione di totale sollievo psicofisico poco prima sperimentata, era durata solo un istante, giusto il tempo di respirare a pieni polmoni quella luce satura di vita.
Per poi essere catapultata di nuovo, subito dopo con fragore di tuono, nella mia gabbia dorata popolata di insulsi spettri tormentosi.
Biancovestiti e indifferenti alle umane sorti.

Perché la mia gabbia "esistenziale" era repleta di dubbi e di incertezze, di solitudine in Abudantia, che mi serrava le catene ai piedi, come una prigioniera di guerra condotta a morte.

Era la solitudine esistenziale che mi guidava passo dopo passo, inevitabilmente, come un cavallo ferrato prima del galoppo.
Come se fossi stata una prigioniera bendata da immolare al Dio Huizilopoctli, al Colibrì della Sinistra, sulle gradinate insanguinate di un tempio Azteca a Theotihuacàn, nel regno di Montezuma ...

Miraggio, sollievo momentaneo, assenza di pensieri e di dubbi.
Armonia, pienezza, speranza, comprensione, auto-cognizione, consapevolezza, determinazione, felicità.

Ma non era affatto così semplice, mi dicevo.
Non ti illudere, Marcella.

Perché capivo di avere avuto un momento di pienezza, eppure intuitivamente sapevo che questo momento era un evento isolato, monadico, discontinuo, assolutamente contingente e pienamente casuale.
E ritornavo così, "a bomba".
In seno al mio quotidiano usuale, adesso più afflitta e più debole che mai, perché non bisogna mai fare assaggiare ad un affamato il cibo delizioso, come il nettare e l'ambrosia divini ...

Mai, e punto.

In questo modo vaneggiavo quella mattina, ancora esaltata e insieme scossa dal sentimento di pura pienezza "redonda" e completa che avevo sperimentato poc'anzi, seduta ai piedi di un palmizio alto e svettante che guardava l'oceano scintillante con il suo occhio cieco.

E le sue acque del colore dello smeraldo lavorato ...

Esaltata e frustrata nello stesso tempo, dal subitaneo e traumatico ritorno alla normalità del Cotidie.

Che mi diceva e che mi ammoniva, come un pietoso adagio antico, come un monito severo e vincolante sebbene in fin dei conti iniquo, che di fronte alle fughe ideali e agli altrettanto ideali "Voli Pindarici" solo esiste la calma della ragione, la sensata e saggia dialettica Socratica, intesa come unica strada di vita percorribile.

Dunque, il senso della Realtà mi ammoniva dicendomi che esiste solo il confronto pacifico e la lucida chiarezza, che non sono poca cosa, certo, se bene intesi.

Questa è realmente l'unica strada praticabile, perché è l'unica strada possibile.

Sarebbe stato questo il lucido cammino per uscire dal Dedalus di un Labirintum in cui stavano finendo la mia vita matrimoniale e la mia vita sociale, ed io con loro.

Una cena a lume di candela

Immaginate un ristorante mediorientale, per l'esattezza libanese, situato in un antico palazzo coloniale degli Anni Venti del Novecento, in una grande e trafficata metropoli africana.
Immaginate …

Forse che la cucina libanese e mediorientale in genere è oggi una delle mode dell'Africa contemporanea?
Non lo saprei dire, ma ne avevo un poco la sensazione.
Probabilmente sì forse, visto che la cucina mediorientale è uno dei Trend oggi apprezzati in queste grandi, moderne, e caotiche città del Continente africano australe.

Si trattava, in effetti, di un bel locale molto soft e accogliente, illuminato da luci calde e soffuse e reso idealmente confortevole da una tappezzeria di colore rosso scuro alle pareti a mo di arazzo fiammingo, e da qualche tappeto persiano antico collocato nelle due salette che conformano il ristorante dal pavimento di vecchio legno stagionato.
Il tutto in stile "bomboniera" mediorientale.
Con grandi pale bianche ai soffitti, che giravano come impazzite nel tentativo di rinfrescare l'aria di qualche

grado centigrado, stancante nel guscio di questa calda
bomboniera.
Con i camerieri discreti e ossequiosi a metà strada tra
l'Africa e il Medio Oriente.

Ahsante, Shukràn, grazie ...
E non si tratta affatto di un azzardo storico, in nessun
senso, mi sembra.

Quella sera, avevamo preso posto io e Claudio ad un
tavolino un poco defilato e un tantino appartato ma
apparecchiato di tutto punto, debbo dire.
Curato fin nei minimi particolari, certamente, con una
serie di posate che sembravano d'argento (anche se
forse non lo erano), con pomposi calici di vetro
smerigliato colorato di verde e di rosso per l'acqua e il
vino, con il tovagliolo di tessuto rosso scuro anch'esso
impeccabile e profumato, collocato a dovere sopra al
piatto di portata.
Il tutto elegante e pregevole, sicuramente.

Mentre al centro del nostro tavolo guizzava la fiamma
discreta di una candela sulla quale batteva e si fermava
ammutinato, e si incagliava reiteratamente il mio
sguardo distratto.
Come se fossi chiamata a trarre Auspici e Aruspici
dall'intensità della fiamma e dalla sua consistenza, dal
suo guizzo ...
E fissavo ostinatamente la fiamma levantina della
candela, avvolta da un mutismo esagerato e comunque
degno di miglior causa.
Perché davvero non avevo voglia di parlare con Claudio,
quella sera.

Non avevo voglia di parlare con mio marito, in quei frangenti.

Vi chiederete il perché di questo mio comportamento, e quale fosse la ragione del mio duro atteggiamento che volente o nolente avevo deciso di tenere con Claudio, più o meno da quel momento in poi.
Assurda decisione presa repentinamente da parte mia, ve lo assicuro.

Perché la ragione di fondo era quella che riguardava il graduale cambiamento, in peggio, del nostro rapporto matrimoniale e sentimentale.
Si trattava di quella freddezza che sentivo ormai pungente da parte di mio marito nei miei confronti e che stimolava in me, da parte mia, una risposta analoga.
Punto per punto.
"Occhio per occhio, e dente per dente", come recita l'antico detto.

Perché quella freddezza, quel gelo, ormai presente nel nostro rapporto, mi sembrava bene che anziché decrescere e smorzarsi pian piano come mi sarei aspettata, si era invece acutizzato nel tempo e aveva toccato una sua qualche punta massima, un suo genere di acme e di apice, proprio nel momento in cui avevamo lasciato Roma ed eravamo arrivati qui, in Tanzania.

Questo era il fatto assurdo e questa era la circostanza francamente inconcepibile per me.
Ma com'era stato possibile questo?

Mi domandavo con un magone ostinato nel cuore, duro come una pietra pomice, e grande come un macigno di roccia lavica.
Perché, com'era stato possibile -per noi- arrivare fino a questo punto?

Visto che oltretutto, date le circostanze di relativa pace e tranquillità, visto che i nostri figli erano lontani, avevo ipotizzato, come vi dicevo, molto ingenuamente l'evenienza di un riavvicinamento graduale tra noi e l'abbandono inevitabile di quell'atteggiamento di freddezza e di distacco che invece, nostro malgrado, stava trionfando con tutto il suo portato implicito di acredine .
E poi, un'altra cosa importante e rilevante da notare, era il fatto che in quei giorni furibondi avevo colto un Quid, un qualcosa di evanescente e di impalpabile nell'aria, che mi aveva portata a ritenere come possibile (anche se non ne ero certa) l'esistenza di un'altra donna accanto a mio marito.
Possibile?
Sì, certo, era possibilissimo …
Era un'ipotesi dolorosa ma verosimile, date le circostanze attuali e dato il degrado oggettivo del nostro rapporto sentimentale e matrimoniale.

E' vero che Claudio era impegnatissimo nel suo lavoro diplomatico, ma il tempo per guardarsi intorno e per non dico cercare, ma almeno per trovare anche casualmente un'altra donna, ecco, questo tempo sembra che ci sia sempre per un uomo, chiunque egli sia …
Giovane o meno giovane, ricco o povero, impegnato o meno impegnato ...

E così quella sera, avevo per davvero "la luna storta", come si dice, e per davvero navigavo nel buio di un pensiero tanto doloroso quanto paranoico che non mi voleva abbandonare, che non si decideva a lasciarmi in pace, anche a costo di distruggere non soltanto quella serata, ma la mia intera vita.

Considerato il fatto che il semplice pensiero di una relazione sentimentale di Claudio con un'altra donna costituiva per me una fonte di immenso dolore.
Era la fonte di un dolore che potrei solo definire "spropositato", per me.
Un dolore sul quale avrei potuto "lasciarci la pelle", come si suol dire.
Giacché l'idea di un adulterio da parte di mio marito sarebbe stata per me la causa diretta di un crepacuore, di un evento assolutamente infausto.

E qui chiamo in causa il concetto di "proprietà" legato non solo alle cose, agli oggetti, ma anche alle persone.
Ai nostri "cari".

In particolare, tanto legato evidentemente alla persona con la quale abbiamo stabilito nel tempo un rapporto d'amore più o meno "istituzionalizzato" e che pertanto, a ragione o a torto, riteniamo essere "nostra" a tutti gli effetti.
La persona che noi riteniamo di "possedere" integralmente "anima e core" al punto tale da essere diventata per noi una parte di noi stessi.
Come se si trattasse di una nostra gamba o di un nostro braccio, di un nostro piede, o di una nostra mano.
Perché la psiche umana è complessa e complicata ...

Ed è proprio in quest'idea di "nostro", in quest'idea di possesso globale dell'altro, nell'idea dell'altro come di una nostra proprietà intangibile e intoccabile e, ancor peggio, come parte integrante e vitale di noi stessi, è proprio in questo assetto ideale (e mentale) che consiste tutto il dolore del "distacco".
Un dolore maligno e malevolo per sua natura, che è insieme tanto fisico che morale, tanto sentimentale che etico, oserei dire.
In questo consiste, perciò, l'idea di "distacco" dell'altro da noi.

Questo è, in realtà, il fulcro del dramma morale di ogni distacco possibile e immaginabile, di ogni rottura sentimentale, e dello iato inguaribile e spesso non-rimarginabile che ogni separazione lascia nel profondo del nostro cuore, alla stregua di un trauma psicofisico, qualcosa che tanto assomiglia a delle stigmate sanguinanti.

E tutte le separazioni lasciano questa ferita nel profondo del nostro cuore e della nostra mente, perché tutte le separazioni, dalla prima fino all'ultima, contemplano questo Vulnus, nel quale prende corpo la violenza esistenziale della rimozione forzata di un insieme complesso e variegato di istanze sedimentate nel tempo della nostra vita.
Quel complesso psicosomatico di affetti, di certezze, di confidenzialità e di aspettative mutue, reciprocamente e tacitamente siglate tra due persone che si dicono alla volta amanti, compagni di vita, fidanzati o semplicemente coniugi.

Re di Cuori

Ero seduta di fronte a Claudio, davanti alla candela accesa dalla fiamma gialla e guizzante proiettata verso l'alto, e aspettavo che lui mi dicesse qualcosa "di buono e di bello", qualcosa che in fondo mi facesse pensare che da parte sua ancora esisteva un qualche genere di amore per me.

Che ancora ci fosse in fondo al suo cuore indurito e inaridito, un briciolo di amore per questa donna affannata che ero e che sono io.

Che ci fosse ancora nei miei confronti, da parte sua, una qualche preoccupazione, una generica premura, qualcosa che avesse lontanamente a che fare con il sentimento e con la sentimentalità pura e semplice, sia pure indiretta e traslata, sia pure inespressa, ma purtuttavia esistente.

Nei miei confronti, se non altro in quanto madre dei suoi due adorabili figli, dei due piccoli e splendidi Mirta e Federico …

Ma no, assolutamente no.

Niente e nulla c'era più, più niente era rimasto nel suo cuore metallico.

E chiedo Venia, perché davvero mi sbagliavo di brutto. Mi ingannavo nel pensare a questo barlume di sentimento come se ancora in lui fosse stato possibile.

Perché non sentivo alcun afflato nell'animo e negli occhi di mio marito, nel suo sguardo incupito e duro, certamente severo, se non la durezza e la rudezza nuda e cruda, di pietra, del suo cuore apparentemente afflitto che qualche donna o, forse per meglio dire, qualche ragazza sconosciuta, aveva chissà quando e chissà come "arpionato e catturato", e "sabotato" a mio danno.

A mio puro e semplice danno.

E mentre cominciavamo la cena, avevo fatto notare a Claudio che il suo sguardo era ormai da lungo tempo cupo e buio e che io avevo la sensazione che lui non mi amasse più.

Visto che quella sera avevo trovato stranamente il coraggio (sì, proprio il coraggio, letteralmente) di dirgli chiaramente quello che pensavo di lui dopo tantissimo tempo.

E lui di rimando mi aveva guardata negli occhi fissamente e, dopo un iniziale silenzio, mi aveva confermato quello che io stessa gli stavo dicendo, ovvero quello che pensavo di lui.

Udite, udite!

"Sì, Marcella, è vero, non ti amo più".
Punto.

Mi aveva risposto Claudio immediatamente, seduta stante, come se non aspettasse altro che dirmi questo. Senza titubanze di sorta, con queste poche, scabre ed

essenziali, le parole esatte che qui vi riporto testuali, testuali.
Infliggendomi così quella sera, mentre ancora cenavamo, un colpo durissimo, difficile da immaginare per chi non abbia mai avuto esperienza di questo genere di fatti e di queste orribili dinamiche di coppia.

Anche perché, invece, purtroppo, io lo amavo ancora, magari senza darlo a vedere.
Ma io lo amavo ancora …

Dunque, all'udire queste definitive parole di Claudio ero rimasta raggelata e muta come un pesce in un acquario, mentre lui terminava con calma e con apparente serenità la sua cena, persistendo nel suo silenzio impietoso e senza aggiungere altro alle sue parole liticamente espresse poco prima.
Parole scolpite nella roccia dei secoli.

E inutile mi sembrava a questo punto girare e rigirare ulteriormente il coltello nella piaga, perché non sarebbe servito a chiarire alcunché, visto che i sentimenti di Claudio nei miei confronti erano stati svelati da lui stesso, con incontrovertibile chiarezza e senza ombra di dubbio, solo un momento prima.
E di certo, conoscendolo, sapevo fin troppo bene che lui non si sarebbe smentito, meno che mai l'avrebbe fatto.
Perché le cose, in effetti, stavano proprio così come lui le aveva espresse in modo verosimile e senza ombra di dubbio, perché si vedeva da lontano un miglio che Claudio non mentiva affatto e che non mi aveva certamente mentito neppure poc'anzi, nel dichiarare il

puro e semplice e incontrovertibile fatto che non mi amava più.

Che lui non mi amava più, punto e basta.

Ma cosa significava che "non mi amava più"?
A questo punto ero autorizzata a pensare che in realtà lui non mi avesse mai amata, se per Amore intendiamo la realtà di un sentimento plurivalente che ci porta ad idealizzare l'altro e che, come tale e in quanto tale, come nostro bagaglio ideale non può che essere "eterno".

Ma "parliamo come mangiamo, per favore" ...
Mi dicevo, visto che Claudio confondeva la parola "amore" con quella di "attrazione" fisica e sessuale.
Che sono, come forse non tutti sanno, due concetti assolutamente diversi se non addirittura antitetici e contrastanti.
Perché l'Amore è eterno, mentre l'Attrazione fisica e sessuale è passeggera, proprio per sua specifica ed ineliminabile natura.
Perciò, quello che Claudio mi stava dicendo era oggettivamente falso e oltretutto era intrinsecamente e ontologicamente errato.

Ma adesso, ora, mi premeva capire che cosa lui intendesse fare con il nostro rapporto e perciò con il nostro matrimonio.
Visto che io e lui non eravamo esattamente una coppia di semplici fidanzati oppure di conviventi e visto e considerato che eravamo invece vincolati da

un'istituzione solenne e che il nostro rapporto era propriamente quello di marito e moglie.

Dunque, che cosa pensava di fare adesso, Claudio?

A dire il vero, lui pensava che per il momento l'unica cosa possibile da fare, perché l'unica cosa agibile e praticabile, l'unica strada percorribile, fosse quella di continuare tra noi una convivenza puramente formale, sebbene cortese e garbata, come ce ne sono tante soprattutto nei matrimoni di lunga data.
Così mi aveva detto convintamente, lui.

Ma si trattava di un copione che Claudio aveva già abbondantemente preparato, perché non era stato improvvisato in quel momento, proprio no, pensavo.
Ciascuno di noi avrebbe avuto in tal modo la propria vita sentimentale, senza che questo interferisse nel nostro garbo reciproco puramente formale, da mantenere in seno al nostro stesso rapporto matrimoniale.
Matrimonio ormai evidentemente -di fatto- finito, diventato niente altro e niente di più che una pura e semplice e sterile consuetudine, retta dalle regole "civili" di una convivenza educata, pacata e a modo, eppure meramente formale.

E questa sarebbe stata la strada da percorrere in questo momento, giacché così stavano le cose, almeno se non pretendevamo di mentire a noi stessi e alla realtà dei fatti.
Circostanza che lui personalmente aborriva come la peste bubbonica in persona, soprattutto in queste cose

che sono in definitiva inerenti all'ambito dei "Love Affairs".
Ai fatti d'amore.

E' inutile dire che qualcosa di grave e di gravissimo era successo nel mio cuore in quell'istante.
Perché il mio cuore in quel mentre si era spezzato, si era frantumato e infranto in mille pezzi.
Il mio cuore battente, che lui aveva scagliato con assoluta noncuranza sulla roccia lavica del suo impietoso egoismo di uomo pieno di sé e autoreferenziale, scaraventandolo dalla Rupe Tarpea per darlo poi in pasto ai corvi e agli avvoltoi, neri ed affamati che volano in cerchio al tramonto sulle carcasse immote degli animali abbandonati nella polvere ...

"Orrido pasto lor salme abbandonò ..."
Come scrive Vincenzo Monti, nel toccante Proemio all'Omerica "Iliade" (1754-1828).

Come negli incubi più turpi.

Allora, era stato proprio allora, proprio in quel momento alla fine della nostra tumultuosa cena, con il mio cuore stretto nella morsa d'acciaio della disperazione e in-sanamente pluri-trafitto, che su un carrello portavivande rimasto accanto alla mia poltroncina, si era materializzata (almeno questo è quel che posso dire) una carta da gioco, cosa strana se non assurda ...

Era una comune carta da gioco, che la luce intermittente della fiamma gialloaranciata della candela mi aveva ad un tratto mostrato o, per meglio dire, indicato.

Era un Re di Cuori.

Era un Asso di Cuori.

Ed io avevo allungato la mano per prenderla, facendola scivolare nella mia borsetta.

Esseri Passeggeri presi in un giro immortale

In quei giorni mi era presa una assurda smania di capire se per caso mio marito avesse un'amante stabile, qui a Dar es Salaam.

Oppure, se intrattenesse semplicemente generici rapporti para-sentimentali con donne o con ragazze più o meno maggiorenni o quello che fosse, perché tutto ciò non volevo neppure saperlo ...

Giacché poco cambiava e poco sarebbe cambiato negli equilibri generali del nostro rapporto matrimoniale.

Che io sapessi, a Roma, questa evenienza era in larga misura da escludere, visto che la vita di Claudio a Roma era realmente molto impegnata e impegnativa, molto densa di lavoro, come si può ben immaginare.

Visto oltretutto che i giorni del fine settimana, il sabato e la domenica, erano giorni deputati per principio al riposo e alla famiglia.

Perché, appunto, Claudio considerava il fine settimana destinato integralmente alla cura della famiglia.

Sia dei nostri bambini che dei nostri rispettivi genitori e fratelli, del nostro parentado in generale, e visto che spesso trascorrevamo la giornata della domenica a casa dei rispettivi familiari oppure fuori Roma, in una casetta al mare ubicata nella cittadina di Nettuno, che si trova sul litorale Laziale.

Dunque, la circostanza che Claudio avesse in essere a Roma una "relazione adulterina" era una cosa che in tutta franchezza mi sentivo di escludere, anche se non tassativamente.
Considerato il fatto che in queste situazioni non si può per davvero mai escludere niente per principio, dal momento che tutto può essere e che perciò non vi è certezza di qualcosa fino in fondo in positivo o in negativo, mi dicevo.
Dal momento che il mio era semplicemente un computo superficiale fatto un poco come si suole dire "a occhio e croce", senza possedere alcuna certezza né alcuna cognizione certa di causa.
C'è da dire che di Claudio mi ero sempre umanamente fidata, proprio per principio, fin dai primordi del nostro rapporto, perché ritenevo di conoscerlo sufficientemente bene, almeno quanto bastava per presumere di sapere tutto di lui.
Ma era un enorme errore, questo.
Perché pur essendo poco più che una ragazzetta, fin da allora peccavo di vanagloria e di superficialità.
Questa certezza sull'eticità di Claudio era una pura presunzione da parte mia, questo è poco ma sicuro.
Perché Claudio mi era sempre sembrato un uomo realmente molto serio e posato, un uomo saggio per quanto giovane fosse stato allora, quando ci eravamo conosciuti nelle aule della Facoltà di Scienze Politiche all'Università La Sapienza, come vi dicevo.
E questa sua caratteristica saliente legata alla sua presunta serietà nonché alla sua relativa e connaturata

tranquillità e saggezza Ante-Litteram, a questo suo spiccato senso del dovere, mi sembrava che fossero una sorta di biglietto da visita dell'uomo con il quale mi ero fidanzata e poi sposata e con il quale avevo messo al mondo due allegri e simpatici bambini.

Oltretutto, beandomi fino a poco tempo prima della mia supposta "fortuna" (sì, proprio "fortuna", testuale) per aver trovato lui invece che un altro uomo, magari un vagabondo perditempo di cui sfortunatamente il mondo è sempre stato pieno in ogni epoca e in ogni luogo.

Dovunque si guardi e ovunque ci si rivolga.

"Bene, bene", mi dicevo tra me, con quella stessa soddisfazione auto-incensatoria che sembra essere un tratto adolescenziale residuo della mia personalità di adulta, un tratto residuale un poco infantile, degno di miglior causa.

Parlando con orgoglio di mio marito tanto ai miei parenti che alle mie amiche, le quali forse con una punta di invidia, lo capivo e lo sentivo, lodavano il tratto umano e "diplomatico" di Claudio dicendo che sì davvero, trovare un uomo così valido in tutti i sensi, sì realmente, questa era stata proprio una bella fortuna per me.

Come se avessi vinto la lotteria di Capodanno, proprio la stessa cosa ...

Così avevo vissuto vent'anni della mia vita, venti lunghi anni dai diciannove ai trentanove lustri, sentendomi quello che si dice una sorta di privilegiata, una sorta di "unta del Signore", una donna graziata dalla Divina Provvidenza intesa nell'accezione Manzoniana del termine.

Ma avevo cantato vittoria troppo presto, evidentemente, e adesso me ne dolevo, e me ne dolevo con tutto il cuore, e ve lo dico chiaramente ...
Perciò, tutti questi discorsi fatti, reiterati, uditi, e condivisi nel tempo, erano stati niente altro che un'operazione di "falsa bandiera" da parte mia.
Erano stati quella che si dice una "False Flag Operation" che mostrava adesso, Dulcis in Fundo, ai miei occhi dolorosamente perplessi e inquieti, tutta la sua intrinseca falsità.
Questo era il fatto.
E chiedo Venia, ma proprio questo era il punto focale della mia intera vicenda.
Era stata l'insensatezza intrinseca e la profonda puerilità di tutti quei discorsi fatti e uditi in Abundantia per tanti anni di seguito, all'ombra della mia puerile balordaggine, quelli che oggi soprattutto mi dolevano ...
E non ho altre parole per dirlo.

La mia posizione era stata quella di un'assoluta vacuità e vuotezza, dell'assenza di un minimo senso della realtà.
Perché questi discorsi fatti e uditi nel tempo mostravano ora, ai miei stessi occhi, la loro ridicola e risibile cifra.
Visto che tutti noi siamo esseri umani certamente perfettibili ma non perfetti e visto che non siamo Entità Metafisiche statiche e stabili, ma Esseri fisici inclini per nostra natura al cambiamento, nel bene come nel male.
Perché tutti noi, indistintamente, altro non siamo che "Esseri passeggeri presi in un giro immortale".
Per dirla con il grande poeta dell'Ermetismo italiano, Giuseppe Ungaretti (1888-1970).

Mata Hari in persona

Cosa cercassi e che cosa pretendessi di trovare quella mattina nello studio di Claudio, davvero non saprei dire.
L'unica cosa che qui mi sento di sottoscrivere, però, è che quella mattina "mi girava storto" perché avevo realmente "la luna di traverso", come si dice.
E ne avevo "ben donde" di che essere inquieta e di sentirmi arrabbiata con me stessa in primis, oltre che con Claudio e con il mondo intero.

Perciò avevo aspettato con ansia e trepidazione che mio marito, dopo aver fatto colazione con tutto l'agio di questo mondo e dopo essersi preparato di tutto punto, fosse infine uscito dalla porta principale della nostra residenza per raggiungere a piedi l'Ambasciata d'Italia, visto che sono solo due passi, cioè dieci minuti di passeggiata.

E quella mattina io e Claudio ci eravamo salutati davvero molto freddamente, per non dire "in cagnesco", fatto che non mi aveva minimamente stupita, date le critiche circostanze.
Fatto che non mi sorprendeva neanche un poco, visto e considerato il penoso andazzo ormai del tutto "consuetudinario" perché in essere da molto tempo, del

nostro rapporto matrimoniale, e vista l'assurda serata del giorno prima.

Una serata che avevamo trascorso in una cornice altamente romantica, cenando al lume di candela nel ristorante libanese, ma in aperta contraddizione con lo stato d'animo di entrambi.

Una cornice splendidamente romantica vissuta con la pena del cuore …

Ma succede anche questo nella vita e non mi stupisco affatto.

Una serata che era terminata tristemente, con il suo aspro portato di penosa "conclusività" e di cibi squisiti che a me erano andati perfettamente di traverso nello stomaco.

Sì, perché questo era accaduto, in realtà, la sera precedente.

Non mi stupiva, quindi, la freddezza e il distacco con cui c'eravamo dati il buongiorno e poi c'eravamo salutati alle otto e mezza in punto della mattina io e Claudio, nel momento in cui lui ben rasato, vestito, e profumato (per chi, poi?) scendeva la scala e dal piano superiore della villa approdava nel vasto, lussuoso, e luminoso, soggiorno della nostra residenza.

Tenendo in mano la sua ventiquattrore lustra e sfavillante nonché l'immancabile quotidiano locale "anglofilo", tenuto sotto al braccio come se lui fosse stato un normalissimo signore benestante, un borghese di città, sia pure di una metropoli africana d.o.c qual'è nei fatti Dar es Salaam.

Con la freddezza tangibile che Claudio continuava ad esprimere chissà come, anche quando aveva aperto la porta della residenza ed era uscito alla chetichella, riaccostandola con garbo esagerato, come per non fare il minimo rumore.

Fatto che a me era sembrato qualcosa di ben diverso che un semplice atto di palesata gentilezza da parte sua nei miei confronti, ma invece un atto molto simile ad una vera e propria dichiarazione di guerra mossa nei miei confronti, a partire proprio dall'inizio di quella giornata.

Una sorta di monito del tipo, "Non mi rompere le scatole con i tuoi musi e con le tue gelosie, perché sono affari miei le persone che frequento e i rapporti che intrattengo con donne giovani o meno giovani, belle o meno belle …".

Perché il linguaggio gestuale, il linguaggio del corpo di mio marito, traduceva assolutamente queste parole, più o meno.

Proprio a partire dall'inizio della mattina, esprimendole in modo che a me sembrava talmente chiaro se non praticamente lapalissiano, a dire il vero.

Perché questa era, a mio avviso, una sorta di "dichiarazione di guerra" con la quale in quella luminosa e splendente mattina piena di sole e di vento oceanico, Claudio mi aveva con un garbo apparente ma con una risolutezza disarmante e degna di miglior causa, praticamente sbattuto la porta di casa in faccia.

Perché delle due, o io ero drammaticamente prevenuta nei confronti di mio marito, oppure questa era la sua intenzione.

"Tertium non datur", come si dice in latino.

"Cominciamo bene …".

Mi ero detta profondamente contrita, tra me e me, dopo l'amara esperienza vissuta la sera precedente, grazie alle "falcidianti" parole di mio marito.

Parole falcidianti e scoraggianti che, come tali, non ammettevano in linea di principio alcun contraddittorio di sorta.

Così mi ero detta, con un acuto senso di dolore e di frustrazione stabilmente incardinati nel profondo del mio animo, pure se ormai indurito dagli avversi marosi della mia vita recente.

Il tutto era successo mentre osservavo di sfuggita Claudio che si imbucava letteralmente dalla porta e andava via diritto e spedito come un fulmine, prendendo il largo dalla residenza e da me.

Quell'uomo tattico e scaltro, perché tale era Claudio, che rimaneva, ad onor di Legge, bene o male ancora formalmente mio marito.

Quell'uomo che si allontanava alla chetichella con passo incerto e titubante quasi fuggendo da me, come un miserabile ladro, niente di più e niente di meno, e niente di diverso.

E adesso lo notavo, forse per la prima volta nella mia vita, ma adesso sì, adesso lo notavo in modo del tutto evidente.

Perché mi sembrava che Claudio fosse diventato, almeno negli ultimi tempi, tanto furbescamente tattico nei miei confronti, forse proprio con il proposito di scoraggiare da parte mia qualsiasi domanda di rito, anche la più comune, che attenesse ai suoi programmi del giorno nonché ai suoi Desiderata del giorno.

Con il fine di scoraggiare da parte mia qualsiasi domanda che potesse considerarsi minimamente usuale tra marito e moglie e che attenesse ad un altrettanto minimamente usuale e familiare rapporto di coppia.

Perché la cesura, il divario, che si era creato tra noi e che era in atto già da tempo, perché lo iato in essere tra me e Claudio era già ampiamente evidente e lampante, era stato posto in opera da lui stesso tempo addietro ed era stato portato avanti "sotto traccia" piano piano, ma con tutti i crismi.

Era uno iato profondo, in virtù del quale il nostro rapporto non sarebbe mai più stato "vero" e "sentito" reciprocamente, e definitivamente la nostra relazione non sarebbe mai più stata quella di prima, di qualche anno prima.

Ma che cosa caspita cercavo quella mattina nello studio di Claudio?

Aprendo e chiudendo cassetti e scansie, tirando fuori dagli scaffali tomi sul Diritto Internazionale e sulla Politica Internazionale, e sulla Storia dell'Africa, sfogliandone le pagine con premura alla ricerca di un indizio?

Che cosa cercavo e che cosa pretendevo di trovare, inoltre, sfogliando l'agenda di mio marito?

Come se fossi stata un agente segreto, piombato a sua insaputa nella stanza dei bottoni, nella stanza di comando di un sottomarino atomico nemico ...

Come se invece che Marcella, moglie di Claudio, fossi stata Mata Hari in persona, al servizio di Sua Maestà, il Re d'Inghilterra ...

Chiaramente, fino a quel momento non avevo trovato niente di comprommettente tra le carte di mio marito, niente che lasciasse ipotizzare una "tresca" sentimentale quale che fosse, in cui Claudio fosse coinvolto.
Una "tresca" anche remota e secondaria, una tresca marginale.
Invece, niente, nulla, neppure l'ombra di qualcosa di comprommettente ...

Com'era immaginabile del resto, visto che lui era un uomo molto avveduto, avvezzo al segreto in generale e ai Segreti di Stato in particolare.
Segreti che, per loro stessa natura, sono ben più sensibili e perigliosi di quanto non sia una semplice relazione sentimentale o para-sentimentale, o che dire si voglia.
E visto pure il fatto che Claudio difficilmente si sbagliava e che altrettanto difficilmente prendeva "topiche" di qualsiasi genere e tipo.
Era cosa, davvero, molto difficile.

Così mi dicevo, scuotendo il capo come un mulo ostinato, in segno di assoluto diniego rispetto alla complicata realtà che vivevo.
E del resto, Claudio non poteva essere considerato al pari di uno degli ultimi balordi che girano, visto oltretutto (e non da ultimo) il fatto che rappresentava l'Italia, in queste lontane lande africane australi e orientali ...

Perciò, lui non poteva proprio essere considerato come l'ultimo dei balordi, l'ultimo degli "sciroccati", mi dicevo amareggiata dall'evidenza contundente.

Rimanevo dunque "con le pive nel sacco" per mia sfortuna, almeno fino a quel momento, perché la mia pesca alla cieca era stata infruttuosa e improduttiva.
Potevo ritornare sui miei passi con gli ami da pesca intatti e con i secchielli asciutti.
Questo era quanto.

Perché contrariamente a qualsiasi senso di ragionevolezza, mi sarei augurata vivamente di trovare una traccia anche minima di un adulterio possibile, che mi confortasse nel sospetto di un rapporto segreto tenuto da mio marito con una sconosciuta, mantenuto rigorosamente nell'intimità dei due e perfettamente nascosto agli occhi del mondo.

E invece no, niente e nulla.

Non ero stata in grado di trovare alcunché nello studio di Claudio, tra le sue carte e nella sua agenda, dopo aver smontato in un'ora di orologio mezza libreria, e dopo aver passato in rassegna tutti i cassetti della scrivania e tutti gli anfratti possibili ed immaginabili delle scansie e dei loro doppi e tripli fondi.
Eppure non volevo demordere nella ricerca della "pistola fumante" e "dell'arma del delitto".

Quindi, quelle prime ore della mattina le avrei trascorse così, infilata nel vicolo cieco di una ricerca straziante, come un cane segugio che vada dietro alle piste olfattive lasciate dalla sua preda, o come un detective che si fosse messo sulla strada giusta, nella ricerca del mandante di un crimine efferato.

Non volevo demordere, no assolutamente, costasse pure quello che costasse.

Così quella mattina avrei continuato a cercare e a ricercare come una pazza furiosa, come una malata di mente, come una paranoica persa, fino alla rivelazione di uno straccio di nome e magari anche di un cognome. Fino all'evidenza di una prova.

Che illuminassero la mia strada come una torcia accesa nella notte sulla congerie dei fatti del mondo, confermando oggettivamente alcuni dei miei sospetti che sapevo essere fondati.

Thomas Sankara

Realmente, in quelle due ore di ricerca compulsiva, di "caccia alle streghe" propriamente detta, non avevo trovato nessun indizio.

Praticamente niente, nulla, nonostante i miei sforzi reiterati in questo senso e nonostante tutta la mia perseveranza più unica che rara.

Nonostante tutto il mio accanimento, certamente degno di migliore causa.

Ma cercando e ricercando diligentemente tra gli scaffali della libreria perfetta e ordinatissima che si trovava come un "monumento alla cultura" nello studio di mio marito, avevo invece trovato, ad un tratto, un foglietto volante con un appunto altrettanto volante anch'esso, scritto a matita da Claudio stesso (perché la scrittura era la sua, non potevo sbagliarmi visto che la conoscevo benissimo) inserito come per caso tra le pagine di un libro che era apparentemente al di sopra di ogni sospetto.

Si trattava niente altro che di un foglietto volante che portava scritta, ivi, una lettera puntata, una M corredata da un numero telefonico che presumo (chissà?) fosse proprio un numero telefonico tanzaniano (tanzano), visto che si trattava di una sequenza numerica breve che seguiva da presso la lettera M, e che perciò pareva riferirsi a questa, ad occhio e croce, almeno.

Per questa ragione mi sembrava che si trattasse di un numero telefonico riferito esattamente a quel nome indicato da quella iniziale lettera maiuscola puntata.

"Bene, bene …", mi ero detta tra me e me, visto che forse ero venuta al dunque della mia ricerca e che presumibilmente avevo trovato quella che si chiama la "pistola fumante" e "l'arma del delitto" ...

Quindi, alquanto sospettosa (anzi più che mai), ma anche "soddisfatta" del trofeo di caccia grossa che avevo portato a casa, avevo afferrato il libro rigirandolo tra le mani e decidendo comunque, all'istante, di tenerlo tra le mie cose almeno per un poco di tempo, nel caso che avessi voluto indagare meglio a chi si riferiva effettivamente quella lettera M puntata, nonché il relativo numero telefonico forse tanzano (o forse no) che era riportato proprio accanto ad essa, in un'ideale sequenza grafica.

Sempre ammesso che poi fosse stato agevole, e quindi possibile, indagare quella criptica circostanza contenuta sia nella consonante puntata che nel numero che la seguiva.

Comunque in tutti i casi, pensavo, mi sarei tenuta il libro lasciandolo per il momento ben nascosto, ben occultato, nel fondo del mio armadio tra i miei abiti e le mie borse, nell'allegra confusione colorata e variegata del mio spazio privato dedicato tout-court alla mondanità borghese che da sempre amo.

La mondanità intesa come fascino personale e come stile di vita, intesa come amore per il bello concepito ardentemente come prassi quotidiana.
Ma anche come assetto psicologico "bellamente" orientato verso il mondo.

Nella stanza-guardaroba appunto, che la nostra bellissima residenza contemplava degnamente, in modo tanto evidentemente elegante quanto raffinato.
Infatti, chi se non un milionario in dollari, in euro, o in yuan, possiede una stanza così grande deputata esclusivamente a raccogliere e a custodire ordinatamente, come in un moderno Museo della Moda, in quegli armadi spaziosi e impeccabili, la molteplicità di abiti, di scarpe, di borse, di foulard e di monili, e di tutta la varietà degli effetti personali che ornano sapientemente e da secoli il viso e il corpo di una donna?

Chi, oggi, se non un milionario in euro, in dollari, o in yuan, possiede stanze così?
Mi dicevo distrattamente tra me e me, restandone pienamente convinta.

Perché quella stanza era una vera e propria "sala museale", almeno così mi sembrava.
Perché era una sala luminosa e grande propriamente adibita a contenere l'intera gamma degli oggetti che esprimono lustro e Status della persona.
In una sequenza di grandi e ordinati armadi a tutta parete, che andavano letteralmente dal pavimento fino al soffitto alto tre metri e mezzo.

La serie di tutti gli effetti personali perfettamente ordinati e catalogati, "lindi e pinti", custoditi all'interno di una sequenza "chilometrica" di ante di legno imbiancate e lucidate alla perfezione.

All'interno di una molteplicità di cassetti grandi e meno grandi e di altrettanto grandi scansie, nel fondo di una delle quali era stata ricavata nel tempo anche una cassaforte di sicurezza di medie dimensioni.

Si trattava di una stanza luminosa, come lo erano tutte le stanze della casa, con una grande finestra affacciata sul giardino e con le pareti imbiancate a calce.

Con il pavimento di legno antico e prezioso, costituito da un parquet novecentesco di perfetta fattura, di quelli che comunemente in queste latitudini ornavano ed ornano le ville e gli appartamenti di lusso che costellano i quartieri-bene delle maggiori città africane, fondate in epoca coloniale e all'epoca (non più oggi!) edificate con tutti i crismi e con ogni possibile dovizia di razionalità immaginabile.

Perché nella nostra residenza, il lusso degli ambienti non mancava di certo, visto che la villa era appartenuta in epoca coloniale ad un ricco commerciante di tabacco e di legnami pregiati di origine italiana, che aveva fatto costruire di Sua Sponte questa grande casa proprio davanti all'oceano, all'inizio del Novecento, per sé e per la propria famiglia.

Almeno così mi era stato raccontato allorché, come un'archeologa e con la stessa passione dell'antico e del passato inteso come Leit-motiv di vita, avevo tentato di capire a chi era appartenuta la bellissima mansione nella quale in quel mentre avevamo la fortuna di vivere io e mio marito e nella quale saremmo vissuti per altri cinque lunghi anni, ancora.

Ma il libro, il libretto, che avevo sottratto dallo scaffale della libreria di Claudio, sostituendolo prontamente con un altro che si trovava in doppia fila su uno scaffale posto più sopra, era facilmente occultabile, mi dicevo, dal momento che si trattava di una smilza opera di circa ottanta pagine o giù di lì, non di più, che aveva una copertina di colore giallo limone che contemplava in primo piano un'immagine a tutto campo di Thomas Sankara.

Un bellissimo uomo, certo, che sicuramente ha fatto la Storia contemporanea di questo Continente storicamente vessato e martoriato.
Anche se nel caso di Thomas Sankara si è trattato di un'esistenza corredata da un triste quanto doloroso epilogo.

Il libro che era stato editato in Italia ad opera di una Fondazione che prende proprio il nome di Sankara, in onore al suo sempiterno ricordo e alla sua prassi politica, era scritto in lingua italiana e riportava un certo numero di discorsi tenuti dal Leader burkinabé in varie circostanze, in distinti consessi nazionali e internazionali.

Thomas Sankara (1949-1987) è stato un leader politico e un ideologo di spicco del movimento per l'Unità Africana e per i Diritti dei popoli del Continente.

La sua opera deve poter essere idealmente inserita sulla scia di quelle delle grandi personalità storiche e politiche che si sono succedute in Africa a partire proprio da Kwame Nkrumah (1909-1972), nei primi Anni Sessanta del Novecento, cioè all'inizio dell'indipendenza politica dei primi Paesi del Continente.

Il tutto operato ed espresso da Thomas Sankara nell'arco della sua brevissima vita di ideologo rivoluzionario e di uomo di Stato, di altissima levatura e di ineccepibile integrità morale, come è notorio.

Thomas Sankara è infatti, a tutt'oggi, evidentemente ricordato e celebrato in tutta l'Africa e a maggior ragione proprio nel suo Paese d'origine che è appunto il Burkina Faso, l'antico Alto Volta coloniale.

Davanti all'Oceano Azzurro

Non sono un'africanista e neppure lo sono mai stata, perché l'Africa, sia come Continente che come Orizzonte Culturale, dunque come Ethos, non ha mai costituito per me uno specifico oggetto d'interesse e non è mai stata perciò neppure un mio "obiettivo sapienziale", come si dice.

E questo sia detto per inciso, perché non intendo confondere le acque e neanche i fatti della mia vita.

E questo aspetto lo conoscete bene anche voi, visto che quando a mio marito tempo addietro era stato offerto l'incarico di Ambasciatore d'Italia in Tanzania a Dar es Salaam, personalmente non ero stata poi così felice o come si suol dire "Al settimo cielo".
Tutt'altro, evidentemente.

E questo fatto già lo sapete, perché ve l'ho raccontato e spiegato per fila e per segno.
Perciò, quando si era trattato di prendere il libro sulla figura storica di Thomas Sankara l'avevo preso, sì, ma con l'intenzione chiara, precisa, ed esclusiva da parte mia, di indagare nei limiti del possibile chi fosse la persona a cui la lettera puntata si riferiva e a chi

appartenesse, sempre che si trattasse di un telefono tanzano, quel numero telefonico che era stato appuntato da Claudio stesso sul foglietto volante che si trovava casualmente tra le pagine del libello.

Tutto qui, debbo dire, niente di più.

Perché stranamente neppure in quei giorni nei quali già vivevo a Dar es Salaam, dico, neanche in quei giorni avevo sentito un "grande" trasporto emotivo nei confronti dell'Africa in generale e della Tanzania in particolare, che era il Paese in cui da qualche tempo, appunto, ci trovavamo io e Claudio come ben sapete, e per il quale avrei dovuto, invece, esprimere almeno in linea di principio un barlume di interesse.
Non dico tanto, ma almeno un barlume, pensavo tra me e me, scoraggiata.

Perché avrei dovuto dimostrare verso questo Paese almeno un poco di curiosità, che fosse meramente storica e magari anche etica, magari etico-morale.
Se con tale termine ci riferiamo al piano della cultura e dei costumi.
Al piano dell'Ethos.

Ma come avrei potuto, però, essere proiettata verso un mondo altro e diverso rispetto a quello mio di partenza, se mi mancava quella serenità e quella tranquillità che solo e soltanto rappresentano il fondamento di quella "Leggerezza dell'Essere" che esclusivamente e unicamente rende possibile sul piano psicologico e motivazionale individuale, lo studio e l'approfondimento di un sapere "disinteressato" e perciò "autentico" e dunque "vero"?

E correggetemi se sbaglio ...

Come potevo interessarmi alla e -della- Storia dell'Africa, della Tanzania o del Burkina Faso, o del Mozambico che fosse, se ancora sentivo di vivere io stessa, io come Marcella, con le catene ai piedi?
Se sentivo di essere io stessa lontana anni luce, mille miglia, dall'aver risolto almeno qualcuno dei miei problemi più gravi, che sono poi quelli di ordine "esistenziale"?

Come avrei potuto, quindi, guardare al mondo esterno e agli altri in maniera oggettiva, distaccata, e saggia, se davanti ai miei occhi taurini si continuava a sventolare il drappo rosso della solitudine, della distanza affettiva, e dell'inganno adulterino?
Domanda.
Come poteva darsi per me un diverso modo di essere?

Davvero non sarei mai riuscita, in quei frangenti, ad aprire una parentesi di serenità, di Otium Latino attivo e costruttivo.
Un varco di qualche tipo, in grado di focalizzare il mio sguardo non solo sulla bellezza del mondo ma anche sulle dinamiche della Storia e sulle tematiche (tutte teoriche e teoretiche) della contemporaneità e dei diritti umani offesi e vilipesi, che restano pressoché silenziati e dimenticati nell'attualità del nostro presente storico.

Sapevo che tutto questo non era possibile, e che non sarebbe mai stato possibile in linea di principio, se avessi continuato a vivere nella mia attuale situazione.

In quelle nude e crude circostanze nelle quali era precipitata la mia vita in quei frangenti, a mia insaputa. Quelle circostanze che mi rendevano psicologicamente eteronoma, coriacemente tale, proprio nel senso Kantiano del termine.
Perché la mia razionalità sembrava sopita e si nascondeva dietro alle quinte della mia impulsività di stampo ancora puerile, e sembrava non essere in grado di trovare un suo proprio equilibrio, un'equidistanza sapiente, che sarebbe stata non soltanto legittima ma anche doverosa, nei frangenti delle situazioni che vivevo.

Come sarebbe stato, invece, nel caso che io mi fossi posta di fronte al mondo e alla vita come una donna sicura di sé, oggettivamente affrancata, psicologicamente autonoma e "centrata" in me stessa.
Visto che la congerie di altre istanze, tutte immanenti e tutte contestuali, essenzialmente circostanziali, agivano nel flusso quotidiano della mia esistenza, senza che io neppure me ne rendessi conto e senza che ne avessi piena contezza.

Era davvero strano questo fatto.
Perché non si può essere così a quarant'anni, mi dicevo severa e auto-punitiva.

"Risolviamo una cosa alla volta, senza mettere troppa carne al fuoco, però ...".

Mi ero detta a quel punto, paga del mio insperato trofeo di caccia, un momento prima di impartire gli ordini del giorno ai due cuochi, tanto per il pranzo delle tredici che per la cena della sera.
Nella quale, come di consueto, avremo avuto degli ospiti illustri, dei commensali importanti.
Cosa che accadeva di frequente, c'è da dire.

E pensavo proprio a questo, mentre mi infilavo le infradito di gomma ai piedi, per andare a fare una passeggiata solitaria sulla spiaggia.

Passeggiare semplicemente per pensare, non per altro. Per riflettere con forzosa e forzata tranquillità, nella solitudine iodata del mattino davanti all'oceano immenso e azzurro.

Come da qualche tempo avevo preso l'abitudine di fare.

Avevo Deciso

Ma andiamo per gradi.

Mi dicevo, camminando sul bagnasciuga in solitaria meditazione, quella mattina.
Perché era inutile e controproducente, oltretutto, il fatto di voler affrontare tutti i problemi insieme, visto che non potevo sperare di dipanare la matassa ingarbugliata, il gomitolo di fili di lana disordinatamente annodati che mi ritrovavo in fondo all'animo, nel profondo della mia ormai vulnerabile psiche.
Perciò dovevo risolvere una cosa alla volta, pensavo, se realmente volevo ridimensionare la gravità dei miei problemi, tutti psicologici, che affliggevano il mio animo, in particolare da quando avevo messo piede in Tanzania, strano a dirsi, ma era proprio così.

Buffo, no?

Perché dovevo affrontare i miei problemi in maniera razionale, uno per uno, dopo averli estrapolati individualmente e dopo averli evidenziati con chiarezza, dipanandoli senza tante cautele e senza tanto clamore e "perbenismo", srotolandoli davanti ai miei occhi tutti interi.

"Un momento", mi dicevo.

Perché la "titolarità" del numero telefonico sarebbe stata in realtà l'ultimo dei miei problemi e dei miei pensieri, in quel caotico Maremagnum esistenziale che mi affliggeva, poiché era l'ultimo fatto che avrei dovuto affrontare, anch'esso con soverchia pazienza e con attenta determinazione.

Giacché oltretutto c'è da dire che, proprio quelle sere avevo sentito più vivo che mai nel profondo del mio animo quel senso di tristezza e di malinconia disarmanti, che sorgevano irrimediabilmente al calare del sole, alla fine del pomeriggio nel mio animo solitario, come la luna al tramonto.
Quel senso di indelebile "Saudade", per dirla in lingua portoghese che, a pensarci bene, nascondeva malcelatamente però un senso profondo di solitudine esistenziale ormai apparentemente connaturato al mio animo e al mio Modus Essendi.

Quel senso di tristezza e di malinconia che affliggeva le mie sere, tutte le mie sere -letteralmente- ormai dalla prima all'ultima, proprio da quando avevo messo piede in Africa.
Quel senso di malinconia che era da ritenersi alla stregua di un vero e proprio Vulnus per me e in me, visto che era di natura essenzialmente patologica.
Questo fatto non lo potevo nascondere ai miei stessi occhi che erano -e che sono- sufficientemente attenti per capirlo, per quanto mi voglia illudere e raccontarmi favole ...

Per quanto volessi illudermi quella luminosa mattina e raccontarmi favole a gogò, ad oltranza, come si fa con i bambini per farli addormentare, augurandogli "sonni d'oro" ...

Certo, la tristezza della sera, la malinconia dei tramonti subitanei, era un sentimento generalizzato tra gli europei, come mi sembrava bene di aver compreso. Visto che da sempre in queste lande lontane mille miglia dall'Europa, gli occidentali annegano la propria velata infelicità e il proprio malcelato senso di solitudine esistenziale, nei fumi annacquati di un bel bicchiere di Bourbon dorato, accompagnato con ghiaccio o Selz, con cui certamente molti uomini, perché soprattutto qui mi riferisco agli uomini, tentano di nascondere la propria psicologica vulnerabilità in questo semplice modo, con l'assunzione serale e quotidiana di bevande prettamente psicotrope e inebrianti.

Ma io, no.
Definitivamente e forse purtroppo e mio malgrado, non sono avvezza a questa usanza, nel bene come nel male. Anche se la sobrietà reiterata, in queste latitudini, sembra essere soprattutto una personale "defaiance" più che un merito, e questo è anche il rovescio della medaglia, sicuramente.

Perciò seguendo la traccia dei miei pensieri e andando di pensiero in pensiero quella mattina, come nel Dannunziano "di fratta in fratta", ero giunta ad una sorta di capolinea.
Ad uno Stop di qualche genere.

E adesso che fare?
Che cosa dovevo fare, adesso?

Mi chiedevo se per caso non fosse giunto invece, per davvero, il momento di preparare le valigie e di ritornare in Italia.
Di ritornare "alla base", quella da cui ero partita qualche mese prima, figurandomi situazioni diverse rispetto a quelle in cui psicologicamente adesso mi trovavo a vivere.
La mia base "congeniale", che era quella nella quale mi aspettavano i miei figli e certamente anche i miei genitori, e con loro tutta la mia famiglia al completo.
La mia "tribù".
La mia base congeniale, naturale e sociale insieme, nella quale non ero sola e non lo ero certamente mai stata.

Perché forse, era realmente giunto il momento di fare le valigie e di andare via, di ritornare a Roma.
Visto il fatto, oltretutto, che mio marito non aveva di sicuro bisogno di me e poteva perfettamente restare da solo (da solo, poi?) e organizzarsi lui stesso come meglio credeva con il personale di servizio della residenza, che fossero stati i cuochi e i camerieri o vattelappesca chi altri ...
E così Claudio avrebbe potuto vivere agiatamente la sua storia in fieri, con la massima tranquillità, senza la mia presenza tra i piedi.

Glielo auguravo ...

Arrivederci

Sarei rientrata in Italia.
La decisione ormai l'avevo presa ed era ineludibile.
Il dado era tratto e, contemporaneamente, avevo lanciato il mio cuore oltre l'ostacolo, come si dice.
Piacesse o meno.

Perché sarei partita con bagaglio, passaporto, e lasciapassare diplomatico, e per davvero non ci sarebbero stati problemi di sorta per me, visto e considerato che fruivo di un servizio "eccezionale" che la Storia (e dunque la Società) mi riconoscevano palesemente e del quale avevo pieno e dunque legale diritto di fruire, proprio in veste di consorte di un Ambasciatore.

Per quanto tempo sarei rimasta a Roma?
Chissà, chi lo sa ...

Non lo sapevo in quel momento, e non ne avevo neppure la minima idea, questo era il fatto, detto in tutta onestà.
Questo era quanto, visto pure che si trattava di una decisione presa da parte mia con animo leggero quanto bastava per scavalcare l'ostacolo che avevo di fronte.

La mia era stata una decisione presa all'improvviso, letteralmente dal giorno alla notte, e questo fatto vale la pena di sottolinearlo.

Perché nel momento in cui avevo preso questa decisione che ritenevo irrevocabile, cioè quella di andare via dalla Tanzania e di fare ritorno a Roma, certamente non potevo sapere quando sarei ritornata in Africa e perciò fino a quando sarei rimasta a Roma accanto ai miei figli e ai miei stretti familiari, riannodando in tal modo la mia vita di sempre.

Riaprendo i canali della quotidianità, quelli della "normalità" del vissuto rutinario e "confortante".

Dipendeva da una serie di cose, dipendeva …

Forse, sarei ritornata a Dar es Salaam una volta trascorsi quattro o cinque mesi, mi dicevo, oppure sei mesi, o chissà, visto che a questo proposito ero stata volutamente generica con Claudio quella sera, alla fine della cena intrattenuta con gli ospiti illustri.

Ero stata generica di proposito, sì, ve lo confesso, sulla data del mio ritorno a Dar es Salaam, e me ne sarei anche vantata a posteriori, imparando dall'esperienza che il "mistero" è realmente una chiave di volta -e di forza- nei nostri rapporti interpersonali, soprattutto in quelli sentimentali.

Questo l'avevo ben compreso in tale circostanza e ne avrei fatto tesoro nel tempo a venire, pensavo.

Quindi, lasciavo Claudio di fatto -da solo- per molti mesi, allontanandomi volutamente dalla Tanzania e perciò, com'è chiaro, anche da lui.

Cosa che forse lui stesso desiderava e che forse, forse, in cuor suo aveva anche sperato che succedesse, in quei giorni.

Perché la mia partenza per Roma era un'opportunità straordinaria per lui, un'opportunità insperata che io stessa gli fornivo presentandogliela, appunto, su un vassoio d'argento in piena regola, come se fosse stata un mio personale regalo.

Con i miei più sentiti omaggi e molto cordialmente, sia detto per inciso.

E poi, se la sbrogliasse un poco da solo con la sua vita e con i suoi impegni, alla fin fine, perché io ne avevo abbastanza a quel punto.

A partire dal suo discorso programmatico sulla natura presente e futura del nostro rapporto sentimentale e matrimoniale.

In quel "discorso d'intenti" espresso da lui con tanta chiarezza e con magnifica lucidità proprio nel corso di quella serata che doveva essere rilassata e rilassante, amena e piacevole per entrambi.

Ma guarda un poco il destino ...

Guarda il caso ...

Quello di Claudio era stato un discorso che esprimeva invariabilmente la fredda e compassata lucidità di cui lui poteva essere capace.

Quest'uomo tutto di un pezzo, avvezzo per sua natura e per sua cultura alla più sibillina duttilità di linguaggio e, ripeto, un uomo che non era certo l'ultimo venuto, proprio lui si era espresso con me, la sera precedente, in modo chiarissimo, tanto da non lasciarmi dubbi di sorta.

In quel discorso programmatico che mi aveva non solo umanamente urtata e umiliata, ma anche profondamente schifata a livelli cosmici, direi, e dal quale dovevo prendere assolutamente le distanze Ipso Facto, perché io sono "buona sì, ma scema no ...", mi ero detta inquieta.

Per questa ragione sentivo con chiarezza e soprattutto con una strana lucidità fuori dal comune, che dovevo essere io stessa a mettere un punto finale a tutta questa triste faccenda -e vicenda- che aveva cominciato prima di tutto a disgustarmi umanamente, e poi sotto tutti gli altri aspetti.
Allora, ecco qui il punto.

E Claudio adesso era stato servito a dovere.
"In bocca al Lupo!"
Gli mandavo a dire telepaticamente e gli stava davvero bene, pensavo, la mia decisione di andare via e di ritornare in seno alla mia Tribù, dove forse ancora contavo qualcosa per qualcuno ...
Perché tutto ciò mio marito lo meritava, se lo meritava abbondantemente.
E la nostra conversazione notturna intrattenuta dopo cena, ancora a lume di candela sul divano del salone della bellissima residenza, chiariva proprio la mia determinazione di partire, di andare via, e di fare ritorno all'ovile, da pecorella smarrita quale ero e quale mi sentivo, salvo poi vedere e rivedere la cosa nel futuro, a tempo debito.
"E quando pensi di ritornare di nuovo a Dar es Salaam, tanto per sapere?"
Mi aveva domandato infine Claudio, tentando di mascherare come meglio poteva il suo legittimo stupore

e il suo dispetto profondo di fronte alla mia decisione
che sapeva essere irrevocabile.
Però, a quel punto, ero stata volutamente vaga e
generica sulle mie intenzioni, almeno quanto lui era
stato generico sulla natura presente e futura del nostro
rapporto sentimentale prima che matrimoniale, e
personalmente gli avevo risposto che non sapevo con
esattezza quando effettivamente sarei ritornata di nuovo
in Tanzania.

"Ma ritornerai, o no?"
Mi aveva, infine, domandato mio marito, sempre più
preoccupato per la mia decisione e per le sorti del nostro
"formalmente pacato" (e del tutto formale) rapporto
matrimoniale il cui mantenimento in auge nei termini
che lui desiderava, gli conveniva molto anche
materialmente, cioè "lavorativamente".
Perché come consorte dell'Ambasciatore in quei mesi
avevo fatto un discreto lavoro, e questo era innegabile.
"Non lo so, debbo vedere".
Gli avevo risposto, in maniera scostante e fredda, tanto
da non ammettere repliche di sorta da parte sua.

Questa era stata, dunque, la risposta finale che avevo
dato a mio marito quella sera, con la quale si chiudeva
forse per sempre la nostra Querelle relativa alla mia
improvvisa ed insondabile decisione.

Sdoppiamento

Ero dunque arrivata in Italia speditamente, proprio dalla notte al giorno, letteralmente, e mi ero ritrovata ad abbracciare in men che non si dica i miei due splendidi bambini, Mirta e Federico, che erano contenti come due pasque per la sorpresa di vedermi ritornare all'improvviso a casa.
Come se fossi stata un novello Babbo Natale, arrivavo a Roma carica di doni per tutti, in cronologico anticipo sul calendario annuale della festività di dicembre.
E contentissimi erano anche i miei genitori e i miei fratelli.
E io ero felice per loro, sinceramente.
Perché sembravano tutti molto contenti del mio arrivo inaspettato ed imprevisto.

"Come mai sei tornata così presto, Marcella?"
"Non ti aspettavamo tanto presto così ..."

Questo mi veniva domandato, detto e ribadito, con grande e positiva sorpresa e meraviglia da parte di tutti i miei stretti familiari.
E queste erano state le domande e le esclamazioni di entusiasmo e di contentezza che tutti loro mi avevano

rivolto ed espresso con un misto di apparente sorpresa ma anche di ansia non del tutto fugata.

E alle quali "qui lo dico e qui lo nego", come paradossalmente si dice, non avevo avuto alcuna intenzione di rispondere se non in maniera evidentemente evasiva, non per davvero raccontando loro l'indicibile verità.

L'indicibile e complicata Verità-Realtà.

Poiché i motivi della mia improvvisa "fuga" dall'Africa erano stati molteplici, visto che la ragione non era stata una soltanto, come ben sapete.

E non intendevo qui fornire ragguagli di sorta sia pure ai miei strettissimi familiari, rispondendo con sincerità alle loro domande in fondo un tantino impertinenti, che mi arrivavano in sequenza tanto da parte dei miei genitori che da parte dei miei fratelli e delle loro rispettive mogli, mie cognate.

Invece avevo scelto coscientemente, al contrario, la strada più agevole e più saggia che era quella di uno stretto riserbo sulle vicende della mia vita privata e personale, alla volta sentimentale e matrimoniale.

E questo lo confermo qui, tanto per cominciare, perché ero paga di altre lezioni, di altre esperienze precedenti di vita veramente non del tutto edificanti.

Di conseguenza, soprattutto sul mio rapporto matrimoniale con Claudio e su tutto il resto che riguardava la mia breve esperienza africana, avevo prudentemente deciso di tacere, di tacere il più possibile, magari edulcorando, addolcendo, a ragion veduta l'intera mia esperienza vissuta nel corso di quei pochi mesi a Dar es Salaaam.

Infatti, come potevo raccontare ai miei stretti familiari che tutte le sere all'ora del tramonto, nel momento dell'occaso del sole, il mio cuore veniva afferrato, stretto e straziato nell'assurda morsa di una malinconia esistenziale che mi appariva tanto funesta quanto inspiegabile?
Potevo mai raccontare questo evento tanto personale della mia esperienza africana ai miei stretti familiari?
Lo potevo raccontare a chiunque di loro, senza con ciò passare per pazza clinica?

Potevo mai raccontare questi fatti a chi oltretutto non aveva mai messo piede in Africa e forse non l'avrebbe neppure mai messo nella propria vita, vita natural durante?

Mi avrebbero presa per matta, come minimo …
Mi dicevo.

Che senso avrebbe avuto, difatti, raccontare confidenzialmente questi risvolti prettamente interiori, che erano in realtà eventi esclusivamente personali e privati?
Perché la mia esperienza "africana" era stata breve ma sicuramente intensa.
E avete dubbi, voi?

"Come sei abbronzata, Marcella e che bellissimo colore hai preso!".
Mi aveva detto ammirata una delle mie cognate, forse la più sincera, complimentandosi con me per la "tintarella di luna" che avevo acquistato in quei mesi che erano

stati per me, invece, oltremodo turbolenti e in vario modo anche infelici.

O almeno non poi così tanto "felicemente oziosi" oppure "oziosamente felici" come forse i miei familiari avevano immaginato, nel vaglio di un giudizio superficiale e "modaiolo", soprattutto.

Nonché alla luce di un vero e proprio pre-giudizio di classe o di "casta".

Della serie, moglie di un ambasciatore uguale a donna nullafacente e fortunata.

Donna mediocre, furba e fortunata, insomma ...

E mia cognata contemplava ammirata la mia bella abbronzatura dorata tendente ai toni aranciati, ai toni del rosso, qual'è quella che si acquista normalmente ai Tropici ed in particolare all'Equatore.

Perché è un'abbronzatura ossigenata che viene da un contesto naturale carico di iodio e di umidità, semplicemente.

E' inutile dirlo, perché suppongo che voi lo sappiate meglio di me.

Riannodavo dunque con pazienza i fili della mia vita quotidiana e rutinaria, qual'era la scuola dei miei figli per esempio, la casa chiusa per mesi che adesso riaprivo e rassettavo, che rimettevo perfettamente in funzione, come se fosse stata un'automobile lasciata per molto tempo nel garage coperta da un telo di protezione che, al momento di rimetterla in funzione, doveva essere rimosso accuratamente.

E spalancavo finestre e balconi, risistemavo gli ambienti, srotolavo i tappeti e facevo il bucato, lasciando entrare la luce del sole a piene mani, la luce che avrebbe inondato le stanze, riportandole di nuovo in vita ...

Però, c'era un però in tutto questo, mi dicevo.
Perché alla fin fine mi sembrava, stranamente, che tutti gli spazi, non solo quelli di casa mia ma anche quelli esterni, quelli del giardino e della strada di fronte, e in generale tutti gli spazi del quartiere dove viviamo, si fossero ristretti a vista d'occhio nel giro di quei pochi mesi della mia assenza da Roma.
Perché quegli spazi non erano più esattamente gli stessi che io ricordavo, cioè quelli che custodivo stampati a chiare lettere di fuoco nella mia memoria da molti anni, e che come tali erano divenuti parte integrante del mio immaginario mentale e perciò del mio ricordo.

Non erano più gli stessi spazi, quelli ...
No, affatto.

E questa era la mia più profonda sensazione, visto che solo di sensazione si trattava in tal caso, e niente di più.
Si trattava di una sensazione che era forse a tutti gli effetti irragionevole e falsata, almeno rispetto alla realtà che è invece oggettiva e puramente tale.
Perché, davvero, qui tutto mi appariva assai più angusto e al contempo molto più sbiadito di quanto in realtà non ricordassi.
Possibile?

Mi domandavo, stropicciandomi gli occhi per mettere meglio a fuoco la mia visione, come siamo soliti fare la mattina quando ci alziamo dal letto e riprendiamo a poco a poco le file della giornata, cercando di mettere in funzione la nitidezza della nostra vista e del nostro sguardo in primo luogo, nettandoci gli occhi dal sonno notturno che ancora li impasta.

Perché vedevo e "sentivo", soprattutto, che l'ampiezza degli spazi non era più la stessa di quella che ricordavo e che neppure la luce del sole era più la stessa, e che neanche l'orizzonte era più lo stesso, rispetto almeno a quello che io stessa rammentavo.
E sentivo che una vaga sensazione claustrofobica rinserrava il mio animo, da mesi avvezzo al respiro distinto di altri contesti.
Quello di contesti geografico-climatici altri.

E l'intero mondo che avevo davanti agli occhi mi appariva, adesso, più angusto e più spento di quanto non ricordassi.

Tutto mi appariva, in realtà, più stretto e più corto, più angusto, più buio, come succede a quegli abiti che si siano rimpiccioliti a causa di un lavaggio sbagliato.
Qualcosa di molto simile a ciò, era quello che il mio animo afferrava e sentiva, in quei frangenti.
E restavo con questa impressione stampata nella mia mente, in fondo senza poterne dare una spiegazione.

E' vero, però, che non tutto è spiegabile e che non per ogni cosa esiste una spiegazione razionale, oggettiva, e logica ...
E visto che si trattava pur sempre di un'impressione a pelle e come tale "irragionevole", cioè non razionale, io stessa mi dicevo che la mia impressione doveva essere probabilmente una sorta di contraccolpo favorito

soprattutto dal brusco cambiamento di ambiente e di vita.

Mentre, nello stesso tempo, cosa strana, avevo in certo modo l'impressione di continuare ancora a vivere dall'altra parte del mondo una sorta di vita parallela, simultanea alla mia vita a Roma che costituiva l'attualità di quell'oggi.
Esisteva, cioè, nel mio immaginario un'altra Marcella che continuava la sua vita in Tanzania, seguendo pedissequamente la traccia "esistenziale" impostata mesi prima.
Ed esisteva, poi, una Marcella "sdoppiata", che era rientrata a Roma giusto da due giorni, riprendendo anch'essa il corso della sua vita usuale, il suo regolare Cotidie, quindi la famiglia, i bambini, e la casa.
Quella che era stata la mia vita cronologicamente precedente al mio viaggio in Africa.

La quale vita a Roma, dal canto suo, aveva riannodato il suo corso consueto, con i suoi tempi e i suoi modi, nonché con le sue quotidiane cadenze usuali.

Il Bagaglio oscuro di Cronos

Questo era ciò che sentivo "a pelle" in quei giorni nei quali avevo ripreso in pieno la mia vita usuale, quotidiana e rutinaria, almeno quella che avevo vissuto continuativamente negli ultimi dieci, dodici, anni.

Sentivo e avevo quasi l'impressione di non essere mai partita da Roma, di non essermi mai allontanata da questa città e dalla mia casa, proprio come se non fossi mai andata via dall'Italia e se non fossi mai stata in Tanzania neppure un giorno, neanche un'ora.

Per dirla con un'immagine, era come quando gettiamo un sasso in uno stagno e vediamo subito dopo le acque ancora un poco increspate richiudersi velocemente e ricoprire quel varco che il lancio del nostro sasso aveva poco prima aperto.
E le acque della mia vita si erano anch'esse "naturalmente" richiuse sulla mia esistenza "africana" anche se contemporaneamente, cosa certamente strana e più unica che rara, una parte di me, un'altra Marcella seguiva percorrendo il suo binario "africano" che in realtà non si era mai interrotto, a partire dal giorno in cui avevo messo piede a Dar es Salaam.

Era certamente una contraddizione in termini, questa,
mi dicevo pensierosa.

Perché da un lato erano bastati solo due giorni trascorsi
a Roma per chiudere apparentemente una parentesi di
molti mesi e per rientrare nella previa quotidianità del
vissuto usuale, mentre dall'altro, quei pochi mesi
trascorsi in Africa erano stati sufficienti a fondare
un'altra mia esistenza "parallela" a questa che vivevo a
Roma.

Ovvero quei pochi mesi erano bastati "ontologicamente"
ad aprire su un piano esistenziale "altro" un binario
immaginario di vita sul quale continuava a transitare una
mia imprecisata vita parallela dai contorni sfumati,
irreali e ideali, nei quali comunque, anche se latamente,
mi riconoscevo.

Certo, questa era una contraddizione in termini che
sentivo presente in me, fatto che non potevo negare.

Era una contraddizione ideale prima di tutto di natura
"ontologica", ma anche di natura "logica", se vogliamo.

Visto che i due piani, quello logico e quello ontologico,
s'incontrano e si fondono razionalmente, e visto che il
piano della Logica del Reale coincide Ipso Facto con il
suo assetto prettamente Ontologico, cioè con l'Esistente
ivi implicito.

E su questo punto sono irremovibile, a buon diritto, e
non accetto contraddittorio di sorta.

Avevo dunque ripreso la mia vita quotidiana in quei
giorni romani, ma stranamente con un altro slancio,
debbo dire.

Con uno slancio e con una spinta propulsiva assai più consapevole e più forte, di gran lunga più matura di prima, dicendomi e sottolineando ai miei stessi occhi un fatto che mi appariva evidentemente chiaro, e cioè che quello che facevo, ciò che stavo facendo in quei frangenti, lo andavo compiendo in piena e totale consapevolezza, in piena coscienza e in piena determinazione.

Con cognizione di causa, come si dice.

E che, perciò, ogni cosa che facevo era da me assolutamente voluta e desiderata fino in fondo e radicalmente, visto che non me la imponeva nessuno, ma che era invece il frutto compiuto di una mia scelta personale chiara, esplicita, e assolutamente consapevole. E badate bene che questo fatto non è cosa di poco conto nella nostra vita, non è certamente poca cosa, affatto.

Perché il senso profondo, il sentimento "fondante" della consapevolezza della "libertà di scelta" implicita nella nostra comune esistenza e nelle nostre determinazioni quali che esse siano, che perciò sentiamo come pienamente "nostre", è davvero un fatto dirimente.
E' un punto di partenza di per sé determinante e conseguentemente insostituibile anche (e soprattutto) per la nostra felicità.
Che è in fin dei conti "felicità piena", in quanto è insita nell'autonomia della nostra volontà, Kantianamente intesa.
E che, come tale, muta drasticamente il nostro atteggiamento -nonché il nostro orientamento- nei confronti della nostra stessa vita.

E adesso, ora, ero consapevole del portato della mia consapevolezza.

E perdonate il tautologismo della frase.

Avevo voluto riprendere la mia "rutinaria" esistenza che mi rassicurava ed ero rientrata nella mia "Zona di Comfort" che è poi, in definitiva, quella vissuta in seno alla propria "Tribù".

Concetto-cardine della vita collettiva, questo della Tribù, che intendo qui in senso marcatamente etnologico, etnografico, ed etno-storico.

E avevo voluto approdare di nuovo a Roma, lo sapete.

Detto e fatto, quindi.

E l'avevo fatto, appunto, e adesso ero qui, proprio dove volevo stare, dove volevo trovarmi, e dove avevo ripreso quasi meccanicamente la mia vita di sempre che evidentemente mi mancava e che in quei giorni avevo giusto ricominciato a vivere con i miei figli e con i miei genitori, e con tutti i miei parenti stretti.

E questa era la vita pienamente "italiana" che avevo ripreso come se niente fosse, nella mia casa e tra le sue pareti arcinote ma confortevoli, protetta egregiamente all'interno di spazi evidentemente più ristretti, più circostanziati e delimitati, ma assai più rassicuranti che altrove nel mondo, dove che fosse.

In un ambiente domestico e "addomesticato" dalla cultura e perciò dall'Ethos che era il mio d'origine e di formazione, e che come tale mi apparteneva in tutto e per tutto.

Per la felicità somma dei miei figli e dei miei genitori, senza dubbio, in particolar modo per la felicità di mia madre che era molto contenta di concedersi finalmente delle lunghe passeggiate domenicali con me, con la sua unica figlia "femmina".

Eppure qui, impegnata nel tram-tram quotidiano usuale le mie giornate volavano, letteralmente.

Perché si passava dall'alba al tramonto, dalla mattina alla sera, quasi senza soluzione di continuità e mio malgrado, e perché il tempo era sempre poco, troppo poco, e non bastava mai per fare tutto quello che avrei dovuto e voluto fare, e che avevo in mente di fare.

Era come se anche il Tempo cronologico si fosse ristretto per me, come se dopo i primi due giorni che erano stati idealmente "di stacco", ma soltanto i primi due giorni, guardate, le giornate dal terzo giorno in poi avessero ripreso la loro folle corsa.

Perché era proprio così.

Perché i giorni avevano cominciato davvero a volare dannatamente con una furia inaudita e impensabile. Correndo a perdifiato uno dietro l'altro e uno dopo l'altro, sul crinale diacronico e vettoriale della Storia, senza che neppure me ne rendessi conto.

Senza che neppure riuscissi ad averne piena contezza.

I giorni e le settimane qui a Roma volavano e scomparivano, passavano e trapassavano, transitavano ineluttabilmente, ammassandosi uno sull'altro senza requie, in un passato che diveniva ai miei occhi sempre più indistinto, uniforme, e informe, e che procedeva e confluiva inevitabilmente nel buco nero del tempo andato, nell'impietoso bagaglio oscuro di Crònos.

L'Età dell'Oro

E i tramonti?
Dov'erano finiti i miei "tragici" tramonti?

Quei tramonti che in terra d'Africa mi strappavano il cuore e lo frantumavano in mille pezzi e che mi facevano sentire tutta la profonda solitudine dell'esistenza intesa in senso primordiale, come un nostro puro ed "esclusivamente biologico" rapporto con l'universo a partire dal nostro stesso Soma.

Quei tramonti che adesso a Roma trascorrevano tranquillamente senza un'ombra di malinconia e senza che neppure quasi, quasi, me ne accorgessi ...

Indaffarata dalla mattina alla sera com'ero, correndo di qua e di là, avevo soltanto distrattamente il tempo di alzare gli occhi al cielo, qualche volta quando me lo ricordavo, e di dire a me stessa, tra me e me, la cosa che sempre mi dicevo, che il cielo romano di quella sera era come al solito splendente e luminoso.
Era come sempre bellissimo, e punto.

Perché sicuramente anche i nostri tramonti, i tramonti nostrani, quelli che risplendono nei toni rosso-aranciati

nella volta empirea ancora azzurra al calare del sole,
sono belli e toccanti e quasi ricordano, appunto, i
tramonti in terra d'Africa.

Ma semplicemente, e ve lo confesso, alzavo gli occhi
verso la luminosa volta risplendente del cielo serale che
abbracciava l'orizzonte assai più ristretto e più
circoscritto di quello africano eppure ugualmente
splendente, e constatavo molto serenamente l'arrivo
della sera.
La sera che giungeva sul mondo vestita del suo
opalescente manto iridato e splendente come non mai,
soprattutto nel periodo luminoso della tarda primavera e
dell'inizio dell'estate.

Tutto qui, niente di diverso e niente di più.

Perché la visione del tramonto che ammiravo qui a
Roma certamente non mi scuoteva l'animo e ancor
meno evocava in me quei drammatici sentimenti di
"Saudade", quello strano miscuglio di melanconia e di
malinconia messe insieme ed intrecciate, per affrontare
le quali personalmente non possedevo chance
psicologiche di sorta ...

E questa era la pura verità.

Se non quella chance estrema, l'unica e l'ultima, quella
di accompagnare l'occaso dell'astro, anch'io come gli
altri, con un bicchiere di biondo Bourbon con ghiaccio o
con Selz, tenuto stretto in mano con nonchalance, in
puro stile Anni Sessanta del Novecento ...

Come facevano del resto gli altri italiani che io stessa conoscevo (per non parlare degli inglesi e dei portoghesi nonché dei boeri sudafricani), e come faceva anche il nostro affezionato amico Carlo D. E. per esempio.
Un uomo di mezza età, lui, che si era ormai quasi del tutto "africanizzato" nei fatti, e che non faceva mistero, lui sì, della sua vita e dei suoi trascorsi pervicacemente vissuti nel Continente africano Australe, in virtù di una sua libera quanto sovrana scelta personale.
Della serie, "Io sto con l'Africa".

Ed io sentivo distintamente che qui a Roma, invece, non soffrivo affatto, neanche un poco, di questo "male". Perché forse si tratta di un male della nostra coscienza tormentata e afflitta che in taluni luoghi del mondo si fa sentire più pungente che mai.

A Roma non soffrivo, infatti, di questa strana quanto oscura sindrome psicologica di stampo prettamente esistenziale che in fondo costituisce, chissà?, uno degli aspetti salienti che concorrono a definire idealmente il senso di quel Sentimento composito al tempo struggente, capillare, e irragionevole quanto si vuole, nel quale probabilmente consiste la cifra profonda di quello che secolarmente chiamiamo "Mal d'Africa".

Perché il "Mal d'Africa" esiste, ed esiste eccome, ve lo garantisco, e si esprime anche così, e forse si esprime soprattutto così, con questa "Saudade" pervicace e coriacea, con questa oscura "nostalgia" di qualcosa di fondamentale e -insieme di indefinito- che afferra e scuote il nostro animo soprattutto la sera.

Trascinandolo negli oscuri anfratti di una solitudine "primordiale" che mi sembra a tutti gli effetti a suo modo razionalmente inspiegabile.

Perché si tratta di un senso di solitudine radicale di matrice esistenziale, questo credo.
E' il sentimento vivo e vegeto della "miseria" Ontologica del nostro puro e semplice Ego somatico, che significa di fatto solitudine e incomunicabilità monadica.

Solitudine esistenziale che si contrappone all'idea di una ricca, ubertosa, composita, e variegata, Età dell'Oro primigenia.
Un'Età felice per eccellenza e per definizione, scomparsa per sempre dal nostro contemporaneo orizzonte.
Un'epoca che si identifica in fondo con l'Età del Mito e perciò della pienezza e della ciclicità del Tempo.

Un'Età del Mito affidata alle cure di una ritualità periodica e sacrale, la cui cifra fondamentale rimane sepolta da sempre e per sempre in noi, a covare come "fuoco sotto la cenere".
Per Omnia Saecula Saeculorum.
E della quale oscuramente sentiamo la presenza in noi, nel profondo del nostro Es, del nostro inconscio, Freudianamente inteso.

Il Libello

Ma quella sera, proprio rispondendo ad una e-mail di mio marito tanto interlocutoria quanto minimale, una comunicazione che a qualsiasi donna sarebbe sembrata come minimo sospetta e nella quale Claudio mi chiedeva notizie dei nostri figli, mi ero ricordata del libello tratto quella lontana mattina per puro caso dalla libreria della nostra residenza a Dar es Salaam.
Si trattava di quello smilzo libello di circa ottanta pagine, né più e né meno, che conteneva un certo numero di discorsi tenuti in consessi nazionali e internazionali da Thomas Sankara, il Leader della rivoluzione del Burkina Faso avvenuta il 4 di agosto del 1983 a Ouagadougou.

Quel libro al cui contenuto nello specifico ero in realtà indifferente, a dire il vero, almeno fino a quel momento, anche perché non conoscevo le premesse storiche di quelle vicende, ma che incidentalmente e forse meccanicamente avevo portato con me fino a Roma, infilato ordinatamente tra i miei effetti personali dentro al mio bagaglio di viaggio.
E questo era successo in virtù di quel foglietto "volante" che avevo trovato quella lontana mattina tra le sue pagine.

Chissà poi per quale ragione avevo portato con me il libro, mi domandavo, ma probabilmente lo avevo fatto in modo puramente automatico, dovevo pensare, includendo involontariamente quel libello di stampo storico e africanistico nel mio bagaglio leggero.

Quello smilzo libro dalla copertina giallo-limone che a suo tempo aveva occultato tra le sue poche pagine di tutt'altro argomento, appunto, quel foglietto volante che aveva scatenato lì per lì i miei più che legittimi sospetti.

Quel foglietto anonimo di poco conto è vero, ma vergato dalla grafia di mio marito, di suo pugno, nel quale era stata appuntata quella misteriosa lettera maiuscola e un numero (forse telefonico o forse no, chissà?) che la seguiva da presso.

Ero perciò andata a prendere il libro seduta stante, visto che si trovava ancora custodito nella valigia vuota, e di nuovo scorrendo tra le sue pagine ne avevo tratto il foglietto intonso, che ivi era rimasto bellamente nascosto.

Quel foglietto bianco sul quale era stata scritta la lettera alfabetica in maiuscolo puntata, come vi ho detto, seguita da un altrettanto anonimo e "misterioso" numero che sembrava collegato alla lettera stessa.

Il foglio era rimasto lì intatto e intonso tra le pagine del libro, come l'avevo trovato in quella lontana mattina rovistando "alla cieca" e "alla disperata" nella libreria di mio marito, come se un'urgenza motivata esclusivamente dall'iroso sospetto da parte mia nei suoi confronti, mi avesse spinta a quell'insensata ricerca di prove e di testimonianze che oggi a Roma erano non soltanto inutilizzabili a tutti gli effetti, ma anche prive di senso, in toto.

Adesso però non avrei saputo che farmene di quel numero, visto che sarebbe stato impossibile indagare da qui, da Roma, dove mi trovavo.
Non solo.
Ma perché oltretutto, proprio tenendo in mano il foglietto e rigirandolo avanti e indietro di fronte ai miei occhi indifferenti, mi ero detta che in fin dei conti di tutta quella vicenda relativa al supposto adulterio di Claudio, per davvero non mi importava più niente, cascasse pure il mondo.
Visto che qualsiasi relazione intrattenuta da mio marito con un'altra donna, chiunque ella fosse, ora in questo momento non aveva più alcuna importanza per me e di conseguenza non aveva più nemmeno alcuna rilevanza.

Questo avevo pensato in tutta sincerità in cuor mio quella mattina, rigirando distrattamente il foglietto di carta ingiallita tra le mie mani, come una Medium che sondi il destino di una persona tenendo tra le mani il suo ritratto fotografico.

Perché tutto questo mi sembrava in quel mentre trapassato e lontano da me anni luce.
Mi appariva come un fatto assolutamente remoto, più lontano della luna a mezzogiorno, se è possibile.
Totalmente privo di interesse, peraltro, e privo di qualsiasi mordente.
E perciò privo anche di qualsiasi ansia e frustrazione, per me.

Questo era il fatto, e ve lo dico con piena sincerità e con assoluta chiarezza, e non sono mai stata così sincera in vita mia ...

E presto mi sarei dimenticata di tutta quella triste vicenda fatta di sospetti incrociati ed incalzanti ma resa verosimile e credibile dalle stesse parole astruse ed offensive che mio marito aveva maldestramente espresso nei miei confronti, nei confronti della madre dei suoi figli, quella sera a cena a lume di candela in quel bel ristorante libanese a Dar es Salaam.

Erano state parole maldestre e irose le sue, parole velenose sbrodolate dalle sue labbra inquiete con malcelata furia nei miei confronti, che avevano evocato nel mio immaginario apocalittici scenari di disamore e di relativo immediato divorzio da parte sua, palesando a chiare lettere la sua posizione di irremovibile e definitiva chiusura nei confronti del nostro stesso rapporto.
Non tanto del nostro matrimonio inteso in senso istituzionale, quanto invece del nostro più autentico legame sentimentale che, come tale e in quanto tale, avrebbe dovuto sostenere e sostentare il nostro stesso vincolo istituzionale, ovvero il nostro pluridecennale matrimonio.

Ma io ero rimasta con il libro in mano, quella luminosa mattina, affacciata alla finestra aperta sul giardino, foglietto volante a parte, del quale davvero non mi importava più niente.

"Al diavolo il foglio e quell'idiota di mio marito ..."

"Vai al diavolo tu e chi per te!"

Mi ero detta, più che mai determinata e più che mai certa delle mie parole.

L'unica cosa seria era invece il libro, il libello che tenevo stretto in mano.
Che tenevo strenuamente tra le dita della mia mano destra, come una studentessa in procinto di dare il suo primo esame universitario.

Come se temessi che qualcuno arrivando da chissà dove, forse da Marte, potesse strapparmelo di mano all'improvviso e magari gettarlo in pasto ai corvi e agli avvoltoi dell'indifferenza (e dell'apatia) verso il Mondo e verso la Storia, verso i Popoli e verso le Culture.

Le Catene dello Schiavo

"Bisogna agitare i popoli contro i poteri.
Lo schiavo merita le proprie catene se non prende la decisione di lottare per liberarsi.
Dove il fossato che divide il popolo dal governo è intollerabile, là il popolo deve lottare per colmare il fossato e diventare padrone del proprio destino.
Il popolo deve essere il proprio governo, deve dirigersi da sé, ma non si tratta di un atto di carità, di redenzione, di visioni profetiche.
E' una lotta quotidiana contro tutti i nemici del popolo all'interno e all'esterno del paese."

Leggevo distrattamente queste parole espresse da Thomas Sankara (1949-1987) in un passo estratto a margine della sua conferenza stampa tenutasi al termine del Primo Forum Internazionale Anti-apartheid di "Bambata" a Ouagadougou in Burkina Faso (ex Alto Volta), il giorno 11 ottobre del 1987.

Si tratta di parole assai dure ma chiarissime, in realtà estremamente toccanti per tutti, africani e non africani.
Ma c'è da dire che queste parole non le avevo ben comprese immediatamente, non le avevo afferrate pienamente lì per lì, nella loro toccante complessità,

nonostante fosse esplicita la loro dirompente forza ideale e universale.

La loro dirompente forza morale.

Perché le avevo lette mentre ero alquanto soprappensiero quella mattina, immersa in tutt'altri affari, nelle cure contingenti di tipo puramente organizzativo e quotidiano sia dei figli che della casa, da buona madre di famiglia.

Nella situazione in cui mi trovavo in quei frangenti, proprio mentre sfogliavo quel libro sottile dalla copertina di colore giallo limone.

Quel libro sottile che, come ben sapete ormai, avevo portato con me "meccanicamente" in viaggio da Dar es Salaam fino a Roma, posizionato oltretutto con somma cura e attenzione all'interno del mio bagaglio di indumentaria e di effetti personali vari ed eventuali.

E lo avevo trascinato in viaggio con me esclusivamente per via del foglietto "volante" che vi avevo trovato tempo prima e i cui estremi quali la lettera puntata e il numero (forse telefonico) ivi contenuto, avevo pensato che potessero servirmi per indagare un giorno non troppo lontano da quel remoto oggi, un supposto adulterio di mio marito Claudio.

Indagine che adesso, però, come vi dicevo, non mi interessava più fare, guarda caso.

Indagine che non intendevo più né cominciare né intraprendere, per ragioni che a buon diritto ritenevo inspiegabili.

Forse, debbo supporre, che tutto questo succedeva a causa di un mio repentino cambiamento d'animo, di un mutamento fondamentale del mio Humus, che era avvenuto altrettanto inspiegabilmente in me proprio una volta rientrata a Roma, e del quale razionalmente non ne conoscevo le ragioni, a dire il vero.

Sono le stranezze della vita, in fondo ...
Mi ero detta, sorpresa.

E questo fatto succedeva proprio adesso che avevo lasciato alle mie spalle -forse per sempre- la mia breve esperienza africana.
Proprio adesso che ero rientrata a Roma e che felicemente avevo varcato la mia "zona di comfort" prendendo solennemente posto in essa e inserendomi di nuovo felicemente all'interno della mia "Tribù".
Ritornando, quindi, a vivere la mia tranquilla quotidianità, che evidentemente amavo, al riparo del tetto protettivo e delle solide pareti della mia casa che immaginavo forti e resistenti come una sorta di parafulmine, protettive contro tutte le intemperie e contro tutte le avversità possibili, tanto fisiche che morali.

Adesso che avevo ripreso la mia vita con i miei figli i quali mi avevano aspettata fino a quel giorno con pazienza e con trepidazione e ai quali comunque dovevo buona parte del mio entusiasmo e del mio ottimismo, nonostante le difficoltà personali in cui oggettivamente ancora mi dibattevo.

Dunque, nell'attesa che si facesse mezzogiorno passato e che decidessi di varcare la soglia di casa per andare a riprendere i miei figli a scuola, avevo sfogliato il libro, il libello, con superficialità evidente, lo debbo ammettere, visto che realmente la mia mente in quei frangenti era altrove, come vi ho detto, in un altrove di qualche genere non ben identificato.

Di certo, il mio altrove non era propriamente tra quelle righe, non si trovava localizzato e focalizzato su quelle pagine né su quegli argomenti, e neppure centrato su quelle ideali quanto universali "problematiche".

Era il mio privato strettamente inteso, l'oggetto della mie attenzioni e dei miei problemi, in quel momento, e non evidentemente il pubblico, il collettivo, il sociale.

Era un "altro", il mio "fronte di guerra".

Perché la mia era, allora, una visione ristretta e quanto mai personalistica del mondo e della vita, circostanza che di per sé costituisce, in realtà, un vero e proprio handicap, un Vulnus per noi.

Visto che ci preclude e ci pregiudica l'apertura ragionevole e sensata (da parte nostra) nei confronti del mondo, nella sua problematica interezza e bellezza, nonché nelle sue proprie sfide.

Fatto che perciò rappresenta realmente una discriminante fondamentale nel livello di maturità e di consapevolezza che esiste tra le persone.

Perché noi non siamo tutti uguali e "uno non vale uno".

Fatto che dico e che ripeto, e che ripeterò fino alla nausea, fino allo stremo.

Perché proprio questo è il punto, inevitabilmente.

Perché è proprio in virtù della maturità personale di ciascuno di noi che si danno i "distinguo" tra le persone e che il nostro giudizio etico-morale, se è sensato e coerente, non può che chiaramente evidenziare.

Dunque, in quel momento, personalmente a tutto potevo pensare fuorché proprio alle "catene dello schiavo", che piuttosto mi apparivano come un'immagine tale da evocare i secoli bui della "Tratta degli schiavi africani" propriamente intesa, concepita cioè in senso storico e non metaforico.
Quindi, dal mio punto di vista si trattava di un'immagine-simbolo dalle forti valenze storiche e, oltretutto, si trattava di un'immagine prettamente africana.
Dalle valenze storiche e non metaforiche, quindi.
Questo c'è da dire.

Non si trattava, almeno così mi sembrava lì per lì, di un'immagine in qualche modo traslata e trasposta e perciò "metaforica e universale", bensì di un'immagine storica arcinota presente nell'immaginario di tutti noi.
Senza distinzione.
E questo era stato il mio iniziale approccio di fronte alla lettura distratta di quelle poche righe ragionevoli e sensate ma evidentemente quanto mai dure e categoriche.
Rivoluzionarie.

Mentre il mio immaginario circoscriveva quei pensieri e quelle considerazioni in realtà "rivoluzionarie" formulate dal Leader burkinabè ad un universo di fatti che storicamente non mi apparteneva e che non mi riguardava neanche un poco, e che non rientrava nei limiti circoscritti della mia esistenza reale e che perciò non mi toccava in alcun modo.

Avevo dunque lasciato il libro in vista sulla mia scrivania, forse che -chissà?- l'avrei riaperto in un altro momento, certamente con molta più calma, con molta più concentrazione, e con altrettanta maggiore attenzione rispetto a quella mattina.

Rileggendo meglio quelle parole

Però, rileggendo con più calma e con più attenzione il brano che avevo approcciato solo qualche giorno prima, a dire il vero in maniera alquanto frettolosa e superficiale, cioè quello stralcio di conferenza stampa tenuta dal Leader della Rivoluzione del Burkina Faso del 4 Agosto del 1983, mi rendevo conto che in quello spezzone di discorso tenuto da Thomas Sankara a margine della conferenza, non si parlava affatto della storica Tratta degli Schiavi, come inizialmente mi era sembrato di capire.
Erroneamente e superficialmente da parte mia, certo, perché questo lo debbo pur dire.

Poiché nel brano che avevo riletto adesso con molta più calma e attenzione non si alludeva affatto neppure lontanamente, a quello specifico evento -anche se devastante per i popoli del Continente africano- ma di portata storica circoscritta nel tempo, nonostante la sua plurisecolare durata.
Invece si trattava di altro.
Si trattava di un fatto che non aveva, appunto, nessuna attinenza storica diretta e specifica con la Tratta dei Negri africani e con la loro schiavitù plurisecolare nelle Americhe, concettualizzata come tale e in quanto tale.

Era invece, quello di Thomas Sankara, un discorso ben più generale e ben più ampio sulla schiavitù dei popoli nei confronti dei loro rispettivi governi.

Dunque, si trattava di un fatto ben più universale che perciò stesso implicava un portato molto più ampio e generalizzato di conseguenze di quanto non fosse -e non fosse stato- un evento storico specifico, pur grave che fosse, come lo è stata la Tratta dei Negri africani.

Visto che in questo secondo caso il discorso è essenzialmente "paradigmatico" e riguarda e può riguardare, almeno in teoria e in linea di principio, qualsiasi popolo e qualsiasi epoca storica.
Anche e soprattutto il Ventesimo secolo, il Novecento contemporaneo, evidentemente.
Esattamente, allorché sorga uno iato, un fossato, insormontabile ed incolmabile tra un popolo vessato e schiavo e il suo governo autoritario e arbitrario, indifferente in toto ai destini dei governati e dunque al suo stesso popolo.

Perché, quando il governo di un Paese incarna il puro e semplice "potere" inteso in senso Macchiavellico, concepito cioè come espressione di un diritto assolutistico di stampo personalistico oppure corporativo, ma comunque capriccioso, intollerante, e arbitrario, incontrollato e incontrollabile, allora è il popolo stesso che deve essere in grado di sovvertirlo e di liberarsene, di insorgere contro di esso, spezzando le proprie catene.

Perché sono i Popoli che debbono spezzare le catene di ferro che li tengono costretti e sottomessi al potere egemone e al suo turpe giogo.

Non esiste storicamente, se inteso come tale, un Potere "buono" a prescindere.

Non esiste storicamente un esercizio di potere affine a sé stesso e finalizzato al raggiungimento dei suoi propri obiettivi nonché del suo proprio tornaconto, che sia positivo e benefico per un popolo qualsivoglia.

Semplicemente, non esiste e non è neppure mai esistito nella Storia, salvo prova contraria.

Infatti, non si è mai dato nella Storia un potere, un "dominio" propriamente detto con tutti gli attributi del caso, che abbia favorito le sorti di un popolo e la sua vita e che sia stato in grado di coadiuvarne favorevolmente l'esistenza materiale e morale.

Di appoggiare e di difendere gli interessi materiali e morali di quel popolo che da esso vitalmente dipendeva e dipende.

Nessun potere inteso come "puro dominio", come puro "esercizio di dominio", come Imperium, con il suo portato di vessazione tanto fisica che morale del forte sul debole, dei pochi sui molti, e delle oligarchie sulle moltitudini e dunque sulle persone in carne ed ossa, potrà mai essere in grado di svolgere un'azione benefica e benevola, fruttuosa, e tanto meno salvifica, sulla vita concreta e reale di quel popolo, che esso stesso con la propria forza assoggetta e domina e che sotto alla propria egida, al proprio cappio, tiene vincolato.

Perché la Libertà individuale intesa come diritto inalienabile della persona umana alla autodeterminazione è storicamente una conquista recente dei popoli, e niente altro.

Non è un regalo e non è neppure una gentile concessione offerta "graziosamente" ai popoli stessi dal potere dominante e dalle sue élite, quale che esse storicamente siano ed appaiano.

E questo punto-cardine deve poter essere sottolineato con forza e deve poter essere inteso come premessa storica e perciò oggettiva e fondamentale del discorso qui espresso da Thomas Sankara.

E, soprattutto, questo aspetto deve essere compreso molto bene, visto che attiene anche alla nostra contemporaneità Occidentale e al Vecchio Continente in particolare, cosa ormai palesemente evidente e presente sotto agli occhi di tutti.

Ma in primo luogo, esso riguarda i destini storici del Continente africano nei confronti del quale sono appuntate e rivolte chiaramente e direttamente le parole del Leader burkinabè.

Ne deriva, dunque, che quel popolo che non si ribella al potere e al dominio costituito, al quale è sottomesso e dal quale è piegato e costretto, quel popolo che per qualche ragione non è in grado di spezzare le catene della propria schiavitù e del proprio servaggio, ecco, quel popolo merita le sue stesse catene.

Quel popolo merita di essere schiavo e di restare tale, sottomesso al giogo violento ed impari del Potere che lo domina e che lo sovrasta.

Sia esso un potere interno o un potere esterno, rispetto allo Stato in questione.

In tutti i casi, comunque, si tratta di un potere che si palesa ai popoli sempre con le medesime caratteristiche di oppressione violenta e di giogo spietato, di negazione delle libertà fondamentali e dei diritti umani assodati e dati storicamente per acquisiti.

Perché tutti i popoli debbono diventare pienamente padroni del loro destino storico e debbono arrivare a farlo attraverso una lotta anche strenua e ad oltranza, contro quel potere inteso come puro e semplice dominio. Come oppressione coatta reiterata contro di loro e contro la loro stessa esistenza anche fisica, oltreché morale ed etica.

Si tratti di un dominio interno o esterno, poco importa, perché di un dominio ingiusto e coatto pur sempre si tratta.

Un potere che in tutti i casi non rappresenta il suo popolo e che non garantisce ad esso quella libertà fondamentale che costituisce di per sé un assoluto ideale (e reale) a cui la Storia dei popoli, tutta, deve poter necessariamente tendere e infine conformarsi.

Conquistando e riconquistando quella libertà che consiste nella autodeterminazione dei singoli e della collettività e che, come tale e in quanto tale, rappresenta in primo luogo un diritto inalienabile e sacrosanto, connaturato alla Humanitas come tale.

Perché qui si tratta pienamente di quel concetto di libertà inteso in senso Gius-naturale e idealmente ricalcato sull'idea fondamentale che l'Essere Umano nasce "libero" e che tale deve poter restare nei limiti del possibile, anche in seno ad un consesso sociale strutturato e istituzionalizzato.

Anche tenendo conto dell'organizzazione della società e della convivenza sociale, che deve poter essere solidale e dunque imperniata sostanzialmente sui parametri dell'Equità intesa e declinata in tutti i sensi.

I popoli meritano le loro catene, dice Thomas Sankara, quando si mostrano incondizionatamente proni ed obbedienti a quel potere inteso come dominio di pochi sui molti, dei ricchi sui meno ricchi, delle Elite sulle masse, dei capi sulla moltitudine.

Quei popoli meritano le proprie catene se non prendono coscienza storica della loro condizione subalterna e della oppressione a cui sono soggetti e in cui versano.
Se non si ribellano a questo stato di cose e se non lottano come dovrebbero di necessità fare.
Perché il popolo deve costituire, deve essere, e deve esprimere -esso stesso- il suo proprio governo e perciò deve dirigersi da sé.
E questo aspetto non attiene ad una visione profetica o ad un atto di carità quale che sia, dice Sankara, ma resta invece l'obiettivo fondamentale della prassi rivoluzionaria popolare.

In quanto la presa di coscienza e la ribellione tanto individuale che collettiva sono -e restano- l'unico strumento valido di lotta che i popoli storicamente possiedono di fatto, per uscire dalla schiavitù e dal suo giogo perverso, in cui le forme di dominio in atto li hanno secolarmente costretti.

Aprire gli occhi sul mondo

La verità è che la lettura di quelle poche righe formulate dal Leader rivoluzionario burkinabè, la loro più attenta riflessione e comprensione da parte mia, la più calma e tranquilla rivisitazione che di quelle avevo fatto nei giorni successivi, nei quali ero riuscita ad archiviare momentaneamente le urgenze quotidiane, mi avevano oltremodo scossa.
Questa era la realtà, sono sincera.

Quel fatto era stato per me come aprire all'improvviso gli occhi sul mondo.

Non solo sulla vita, cosa che avevo fatto sovente e che facevo da tempo, trattenendomi in un monologo tra me e me, allorquando mi ponevo domande generali e universali sul senso da dare alla vita a cominciare proprio dalla mia stessa vita.
In questo caso, invece, si trattava di domande e di possibili risposte -da fare e da dare- sul mondo, sull'assetto contemporaneo del globo e sulla sua Storia. Sull'esistenza dei popoli e delle società che lo conformano e che lo abitano anche in senso etno-etico ed etno-storico.

Certamente da parte mia si trattava di un passaggio "apicale e epocale" nell'autentica accezione del termine. Si trattava di un passaggio che dal piano puramente individuale e decisamente solipsistico trascorreva verso un piano più alto e più complesso, quello che attiene alla Società e alla Storia, la quale puntualmente riflette ed esprime le complicate quanto variegate vicende oggettive del globo.

Si trattava da parte mia, perciò, di un passaggio dettato da una inspiegabile acquisizione di consapevolezza aggiuntiva e quindi da una spinta etica verso un livello superiore di maturità personale.
Visto che la maturità a cui mi riferisco e alla quale qui alludo esplicitamente, rappresenta un intero percorso di vita e non semplicemente, come pure si crede, una tappa isolata della nostra stessa vita.
E che, proprio in quanto si tratta di un percorso lungo come tutta la nostra esistenza messa insieme, l'acquisizione graduale di livelli di maturità crescente non si esaurisce mai per noi se non alla fine dei nostri giorni mondani, alla fine del nostro tempo terreno.

Perché la maturità è una forma di consapevolezza gradualmente acquisita, tanto rispetto al nostro Ego personale che rispetto al Mondo in generale, e quindi rispetto alla società intesa nel suo complesso.
E' un "Iter in Fieri" la maturità, per cui il suo cammino non si esprime, come dicevo, in una sequenza di tappe che prevedono un preciso punto di arrivo, una meta, ma che prosegue per dirla con Immanuel Kant in un processo "Ad Indefinitum".

Parafrasando il cammino eterno dell'Anima verso la sua perfettibilità.

Un percorso inteso da Kant come fondamento del presupposto stesso dell'immortalità dell'anima individuale.

Come il filosofo spiega molto chiaramente nella sua "Critica della Ragion Pratica" (1788).

E direi quindi che, in una luce specificamente immanente ed evidentemente mondana, proprio parlando della coscienza e della maturità individuale e del grado di maturità personale acquisito nel cammino cognitivo del nostro Ego, il Noumeno Kantiano, e sempre tenendo fermo il piano immanente e mondano, questo Iter della nostra coscienza tanto assomiglia, appunto, al cammino eterno che l'anima individuale compie nella direzione della sua propria perfettibilità.

Certamente, dal mio punto di vista, l'apertura di una prospettiva "nuova" di natura prettamente storica e sociale, rappresentava -per me e dunque per la mia psiche- un cambiamento evidente e forse totalizzante di prospettiva, e significava -per me- una vera e propria "Rivoluzione Copernicana".

Così mi dicevo in quel mentre, ancora evidentemente scossa dalle parole dure, crude, e pure, perché assolutamente incisive, del Leader rivoluzionario burkinabè.

Dunque nella mia vita, di fatto, si apriva quel giorno una porta che era rimasta chiusa fino a quel momento, o che almeno era rimasta evidentemente socchiusa.

Perché intorno alla mia vita avevo riflettuto bene e a fondo soprattutto in Africa, in quei miei giorni africani, come ben sapete, in quei giorni di relativa solitudine e perciò di confronto diretto con me stessa.

In un confronto nel suo genere limpido e senza veli.

Ragione per la quale, oltretutto, avevo fatto a suo tempo una scelta dirimente, una scelta di campo, tra un prendere e un lasciare, optando per la seconda possibilità.

Cosciente di quello che nel caso sfortunato avrei probabilmente perduto per sempre.

Eppure, adesso, si apriva davanti ai miei occhi incerti uno spiraglio di luce, un barlume, che mi portava a sondare quel campo che era rimasto per troppo tempo nell'oscurità, nell'intero corso della mia vita fino a quel giorno.

Quel campo che era per me -insieme- sterminato e sconosciuto.

Quell'ambito di cose che attiene al mondo e alla Storia e a tutto quello che non è esattamente la mia vita individuale e che non sono io stessa, Marcella.

Me intesa come espressione storica della mia individualità noumenica, Kantianamente concepita.

Si apriva così, per me, uno spazio di riflessione sulla Storia e sul Mondo che mi avrebbe reso possibile un salto cognitivo.

Che dal piano dell'individualità, in cui mi trovavo, mi avrebbe portata a prendere in considerazione l'ambito della società e della Storia, traghettandomi dal Macchiavellico "particulare" al collettivo e al condiviso storico.

La Vita del Leader burkinabè

Thomas Isidore Noel Sankara nasce il 21 dicembre del 1949 a Yako in Alto Volta, una colonia francese al pari di molti altri Paesi situati nella regione Occidentale dell'Africa Australe.

L'Alto Volta era stato diviso per ragioni coloniali nel 1932 e i suoi territori erano stati ripartiti tra Mali, Nigeria, e Costa d'Avorio.
Il Paese era stato però ricostituito nella sua integrità nel 1947 non senza gravi conseguenze sia di ordine politico che sociale, tanto da spingere la famiglia di Thomas Sankara a trasferirsi nel 1949 a Gaoua, nel Sud-Est del Paese.

Pertanto, Thomas Sankara trascorre a Goua il periodo della sua infanzia, dimostrando fin da allora un temperamento umanamente sensibile e incline alla giustizia sociale.

Conclusa la scuola primaria, Thomas Sankara si iscrive al liceo di Bobo, in un periodo ancora politicamente critico per il Paese.
Un periodo nel quale l'Alto Volta pur avendo raggiunto l'indipendenza dal colonialismo francese, conseguita

formalmente il 5 agosto del 1960, continuava a presentare uno scenario funestato da costanti scontri sociali, da manifestazioni popolari, e da proteste che si concentravano soprattutto nella sua capitale, Ouagadougou.

Fino ad arrivare, nel giro di poco tempo, ad una grave crisi sociale e politica che avrebbe condotto alla caduta del governo di Maurice Yameogo, al quale succederà poco dopo quello di Sangoulè Lamizana, il 3 gennaio del 1966.

E' proprio in questo periodo che Thomas Sankara viene incidentalmente a conoscenza di un imminente concorso per l'ingresso di tre candidati alla Scuola Militare Prytanèe di Kadiogo e vi si iscrive, superando poi brillantemente la prova concorsuale, nell'ottobre del 1966.

Nella Scuola Militare di Kadiogo uno degli insegnanti era Adama Tourè, militante del PAI, il Partito Africano Indipendentista, di stampo marxista e antimperialista.

Nel 1969, alla fine del periodo, a due degli studenti del corso, di cui uno era lo stesso Thomas Sankara, viene data la possibilità di proseguire gli studi presso l'Accademia Militare di Antisirabe in Madagascar, dalla quale Sankara ne esce con il grado di Sottotenente dell'Esercito.

Nel 1973, Thomas Sankara fa ritorno in Alto Volta, trovando nel Paese la stessa situazione critica che aveva lasciato quattro anni prima, quando si era allontanato dall'Alto Volta per raggiungere il Madagascar.

In Alto Volta permaneva, difatti, una situazione di conflittualità sociale molto elevata unita ad una condizione di miseria generale, mentre con un referendum voluto da Sangoulè Lamizana era stata da poco approvata la nuova costituzione che istituiva un multipartitismo formale.

Tuttavia, sia la situazione economica che quella sociale del paese appariva molto critica, visto anche il permanere dell'analfabetismo diffuso, la disoccupazione crescente, la corruzione generalizzata e allarmante, e vista anche la siccità che influiva pesantemente tanto sulla vita delle comunità contadine che sull'economia del Paese che chiaramente languiva.
Ragione per la quale nel febbraio del 1974 i militari avevano riconquistato di nuovo il potere in Alto Volta, con la conseguente sospensione della costituzione da poco introdotta da Lamizana e con lo scioglimento dell'Assemblea Nazionale.

Nel dicembre del 1974, Thomas Sankara viene inviato al fronte, nel corso della breve guerra tra l'Alto Volta e il Mali.
Una guerra regionale che lo stesso Sankara aveva definito sin dall'inizio tanto inutile quanto dannosa, visto oltretutto che costituiva un conflitto in seno allo stesso popolo e tra la stessa gente, che era stata artificialmente divisa da frontiere fittizie tracciate a tavolino sulla carta in epoca coloniale, proprio dalle potenze occidentali.
Da quelle stesse potenze coloniali europee che non avevano tenuto in alcun conto le ragioni degli equilibri nella regione, prescindendo quasi totalmente dalla realtà storica plurisecolare dei popoli ivi stanziati.

E proprio in questi frangenti, cioè mentre si trova sul fronte, che Thomas Sankara incontra e conosce Blaise Compaorè che sarà al suo fianco inizialmente come compagno di lotta ma che più tardi diverrà il mandante del suo omicidio e della sua morte.

Sarà proprio in questo periodo, cioè intorno alla seconda metà degli Anni Settanta del Novecento, che Sankara inizierà a frequentare quei circoli politici animati da idee di rinnovamento tanto in seno alla compagine militare che nella vita del Paese e dell'Africa in generale.
Erano idee e ideali di rinnovamento autentico, reale e storico, sia in ambito socio-economico che in ambito strettamente politico, da declinare non solo per l'Alto Volta ma per l'intero Continente africano.
E sarà proprio in questo periodo, inoltre, che a Thomas Sankara verrà affidato l'incarico prettamente militare di creare un gruppo di Commando militare nazionale, in veste d'istruttore del Centro Nazionale di Addestramento.

In questi frangenti e in tale contesto, una volta ottenuto l'incarico militare, Sankara prenderà gradualmente la decisione di rendere i soldati del Commando da lui diretto, prima di tutto dei "cittadini" e come tali edotti sulla situazione politica e storica del paese e coscienti del loro stesso ruolo di responsabilità anche civile.
Intuendo Sankara con molta lungimiranza, come ogni militare privo di una formazione politica adeguata potesse diventare, in realtà, un potenziale criminale alla stregua di un delinquente comune.

Per questa ragione, al futuro Leader rivoluzionario stava oltremodo a cuore la formazione politica e civile dei suoi soldati (non tanto la loro formazione ideologica), ai quali sottoponeva perciò letture impegnative ed istruttive e per i quali organizzava inoltre corsi di formazione di tipo politico e storico, durante il periodo di addestramento militare svolto sotto la sua guida.

Pretendeva, infatti, Sankara, che i suoi soldati tenessero un comportamento rispettoso e dignitoso nei confronti del popolo e di sé stessi, e il sapere storico, oltreché quello sociale e civile, non poteva che aiutarli in questo senso.
Il tutto con la finalità evidente di non essere e di non sentirsi estranei al popolo, ma parte integrante del medesimo.

In Alto Volta, tuttavia, la situazione sociopolitica continuava ad evolvere negativamente, in peggio.
Il 1974 era stato un anno funesto anche in senso climatico, a causa di una grave forma di siccità che aveva compromesso seriamente l'agricoltura e l'allevamento nel Paese e in tutto il Sahel, fatto che appariva evidente se solo si osservavano i villaggi che la siccità quell'anno aveva devastato.
A tale proposito, urgeva scavare pozzi idraulici per fronteggiare altre eventuali situazioni di calamità climatiche presenti e future e per scongiurare possibili carestie conseguenti, come quella che aveva fustigato il Paese e l'intera regione quello stesso anno.
Motivo per cui il governo avrebbe potuto avvedutamente utilizzare anche l'esercito negli scavi di

pozzi idraulici necessari per fronteggiare la penuria endemica di questa risorsa fondamentale.

Ovvero, il governo avrebbe potuto avvalersi di quegli stessi soldati che Sankara aveva cercato di sensibilizzare alle problematiche endemiche e alle sfide future dell'Alto Volta e di tutta la Regione.

Nel novembre del 1977, mercé un altro referendum, veniva adottata una nuova costituzione che doveva garantire almeno formalmente il ripristino della democrazia parlamentare con il fine di dare luogo nel corso dell'anno successivo, cioè del 1978, a nuove elezioni.
Elezioni che comunque non avrebbero fugato del tutto le agitazioni sindacali e neppure l'ondata di scioperi generali che stava investendo in quegli anni il Paese.

Immediatamente dopo, nel 1980, con un colpo di Stato incruento, aveva preso il potere il colonnello Sayè Zerbo appoggiato da tutta l'opposizione.
E di nuovo la costituzione era stata sospesa insieme alle attività di tutti i partiti politici.
L'Assemblea Nazionale era stata sciolta ed era stato cacciato Sangoulè Lamizana.
Proprio in quei frangenti, era stato arrestato Thomas Sankara e condotto nel carcere di Diedougou.
Insieme a lui erano stati arrestati anche Blaise Compaorè e Henri Zongo.
Tuttavia, mentre la situazione all'interno del Paese continuava a peggiorare di giorno in giorno e precipitava, restando estremamente critica e precaria,

aveva avuto luogo a Ouagadougou un altro colpo di Stato, il giorno 7 novembre del 1982.

Mentre il Consiglio di Salute Pubblica (CSP) creato il 10 gennaio del 1983, aveva in quegli stessi frangenti eletto Thomas Sankara come primo ministro del nuovo governo, ecco che subito dopo, il 17 maggio del 1983, un nuovo colpo di Stato aveva avuto luogo nella capitale e i mezzi blindati avevano circondato le rispettive residenze di Thomas Sankara, di Jen-Baptiste Boukary Lingani, e di Blaise Compaorè, nonché l'Ambasciata Libica.

I militari che avevano realizzato quest'ultimo colpo di Stato, il Golpe, erano tutti uomini assoldati dal governo francese che temeva chiaramente l'intento rivoluzionario del CSP in seno al nuovo governo.

Di conseguenza Lingani e Sankara erano stati arrestati e condotti in prigione, mentre Blaise Compaorè era riuscito a fuggire.
La liberazione di Sankara avrebbe avuto luogo il 30 maggio del 1983, momento nel quale egli stesso e i suoi compagni avevano iniziato ad organizzarsi per l'immediata presa del potere.
Il colpo di Stato era stato fissato per il 4 agosto del 1983 nella capitale Ouagadougou.

In seguito alla presa del potere da parte di Thomas Sankara e del suo gruppo, era stato creato immediatamente un Consiglio Nazionale della Rivoluzione (CNR) ed era stato costituito il 24 agosto del 1983 il primo governo del Comitato di Difesa della

Rivoluzione (CDR), integrato da cinque membri del PAI, tre membri dell'ex ULC, Unione di Lotta comunista, e quattro militari dell'esercito tra cui Sankara.

Era iniziato così il 4 agosto del 1983 il governo di Thomas Sankara.

Un governo profondamente ed intrinsecamente animato dalla determinazione da parte del Leader rivoluzionario burkinabè "di garantire per l'Alto Volta una prospettiva di autonomia, di indipendenza economica e di giustizia, contro il dominio delle grandi potenze, e a favore della partecipazione popolare nel governo".

Il 2 ottobre del 1983, i canali della radio e della televisione dell'Alto Volta avevano diffuso all'unisono il discorso d'orientamento politico del nuovo governo guidato da Thomas Sankara.

da "Thomas Sankara. I Discorsi e le Idee", Roma 2003.

Liberare l'Oppressore

Come avevo fatto a vivere tutta la mia vita senza sapere chi era stato Thomas Sankara?

Come avevo fatto ad arrivare alla soglia dei miei quarant'anni, a trentanove anni per l'esattezza, senza avere mai saputo chi era stato e che cosa aveva fatto questo grande Leader politico africano?
Davvero, non avevo un'idea dell'Africa reale e storica, neppure mezza idea ...

Questo mi domandavo interdetta, sfogliando le pagine dello smilzo libro che avevo davanti agli occhi, aperto su quelle righe tanto importanti e tanto ampiamente dirimenti che ben pochi, in realtà, conoscono.
Forse, mi dicevo, era proprio perché quelle parole erano -e sono- tanto importanti, tanto dirimenti e tuttora fondamentali non solo per il popolo burkinabè e per i popoli africani tutti, ma anche per i popoli del mondo intero, che i discorsi di Thomas Sankara restano ben poco conosciuti e tanto misconosciuti, ben poco noti, e che la sua figura storica è stata -ed è- tanto ampiamente ignorata, almeno in Occidente.
Perché tra i due fatti esiste una correlazione chiara ed evidente e, direi, lampante.

Perché tra i due fatti esiste un evidente rapporto di causa-effetto.

Perché il Potere "globale" spegne -letteralmente- i suoi riflettori e appanna qualsiasi attenzione su queste figure apicali.
Spegne le luci sulla vita e sull'opera storica, e nella fattispecie su quella politico-sociale, delle grandi personalità di rilievo.
Su quelle figure di Leader che più di altre hanno inciso sui loro rispettivi popoli inviando un chiaro messaggio di cambiamento "possibile" al mondo intero.
Sono quelle stesse figure di Leader che hanno messo a fuoco i problemi reali e storici dei loro rispettivi popoli, ma non soltanto.
E che proprio per questo motivo il Potere globale non li ha graditi ed evidentemente ha tentato in tutti i modi e con tutti i mezzi a sua disposizione di emarginarli e di ignorarli oppure, ancor peggio, di ucciderli.
E si tratta di tentativi andati in porto, quasi tutti.

Certamente Thomas Sankara è tra questi.
Come lo sono stati Patrice Lumumba (1925-1961), Eduardo Mondlane (1920-1969), Amilcar Cabral (1924-1973), Samora Moisès Machel (1933-1986) in Africa, e Martin Luther King (1929-1968) negli Stati Uniti d'America.

Personalità forti e carismatiche tutte, che hanno offerto un contributo reale e tangibile al mondo contemporaneo, mettendo sul tavolo le reali quanto dolorose contraddizioni che affliggevano il sistema coloniale e poi da ultimo quello neo-coloniale, ovvero quello "imperiale" che è globalmente dominante nei nostri turbolenti giorni.

Si tratta di Leader che hanno tentato, arduamente e strenuamente, di traghettare i loro popoli e le coscienze popolari verso una più luminosa prospettiva di un mondo a tutti gli effetti migliore, nella direzione di un cammino più giusto e perciò più equilibrato ed equo per l'umanità intera.

Nella direzione di un mondo "nuovo", più accogliente per tutti indistintamente, sia per loro che per noi Occidente.

E questa loro opera, determinata ed eroica quanto si vuole, sarebbe stata certamente fondamentale se poco, poco, fosse stata continuata.

Perché avrebbe costituito una portentosa leva tale da intaccare e forse da abbattere quelli che erano -e che sono- i "sistemi di privilegio", radicati nell'ingiustizia storica operata e reiterata scientemente dalle Elite del potere globale westernalizzato.

Sono quei sistemi di privilegio e della menzogna, ma anche della guerra e del terrorismo, che si nutrono dell'ingiustizia eclatante come del loro pane quotidiano.

Dell'ingiustizia "sistemica" e sistematica fatta scelleratamente "meccanismo di governo e di vita" a livello planetario.

Ingiustizia e iniquità operate "certosinamente" in seno ai popoli e ai loro stessi governi, ampiamente corrotti e collusi, che sono tanto più evidentemente ingiusti ed iniqui nei confronti del loro stesso popolo, quanto più palesemente essi appaiono eterodiretti dall'esterno.

L'opera di questi uomini illustri, di questi Leader politici carismatici, valenti e apicali, sarebbe storicamente andata avanti per la sua strada, non ho dubbi, liberando infine anche lo stesso oppressore o, per meglio dire, tutti i popoli di quel Vecchio Continente, tutti i popoli europei, che un tempo avevano probabilmente beneficiato indirettamente dell'ingiustizia messa in atto (forse a loro insaputa) dai loro stessi governi coloniali.

Perché anche l'Europa Occidentale e i suoi Popoli hanno bisogno, oggi, di essere liberati dall'oppressione dell'Oppressore.

Quei popoli europei dell'Ovest che sono stati storicamente dominanti e dominatori attraverso le loro Elite, e non certo direttamente in prima persona negli ultimi due secoli della modernità, oggi costituiscono invece la "Nuova Africa" della contemporaneità planetaria e globale.
Almeno tendenzialmente.
Perché nell'attualità l'Europa Occidentale -tutta- esprime un governo "comune" che è chiaramente eterodiretto in quanto è espressione incontrastata di quello stesso Potere globale ed imperiale che ha storicamente dominato e vessato il Continente africano, ma anche il Subcontinente latinoamericano, se è per questo.
E quello che l'Europa, cioè il Vecchio Continente, non aveva mai vissuto nella sua Storia recente, comincia a viverlo oggi, proprio oggi, pagando il suo tributo, il suo amarissimo scotto, "il Fio" a quel Potere (con la P

maiuscola) di cui è stata storicamente insieme carnefice e vittima.
Del quale oggi è, però, solo la vittima designata.

Visto che nessun beneficio potrà mai venire all'Europa e ai suoi popoli dall'attuale Governance che risponde esclusivamente ai centri di quel potere globale e globalista-finanziario nonché guerrafondaio e transnazionale.
E questo fatto deve essere chiaro a tutti.
E questa circostanza -spaventosa- mi sembra per davvero di per sé tanto evidente, che ritengo addirittura inutile commentarla.

I discorsi e la prassi politica di Thomas Sankara erano improntati ad una cifra profondamente universale e "universalistica", in quanto partivano entrambi da premesse rigorosamente etiche e morali che sole costituiscono il vero baluardo di una prassi governativa saggia, sapiente, e per ciò stesso evidentemente Rivoluzionaria.

Perché Rivoluzionario è il Bene in sé e per sé, e dunque Rivoluzionario è "Fare il bene".

Visto che il Bene è a tutti gli effetti l'azione più rivoluzionaria che possa esserci e che possa darsi nel governo della Polis.
Tanto è vero che i grandi Leader africani che hanno speso la propria vita nel tentativo arduo e strenuo di operare saggiamente un cambio più giusto nei loro rispettivi contesti regionali, sono stati ignorati e falcidiati.

Semplicemente perché essi non "garbavano" a quel potere "Descarado", a quel potere imperiale e senza volto, che governa su larga scala le politiche neo-coloniali su base globale e che è il primo responsabile del nostro infelice destino storico, anche individuale.

I Leader africani che hanno portato a compimento la lotta contro il colonialismo avrebbero poi tentato di condurre anche quella, e forse a maggior ragione, contro il neocolonialismo e perciò contro l'imperialismo dichiarato, quanto mai attivo e operante nel mondo proprio a partire dal 1990.
Dalla caduta del Muro di Berlino (1989) e dalla fine dell'antica Unione Sovietica, dalla fine della URSS.
Dalla cosiddetta supposta "Fine della Storia" (1992) per dirla con Francis Fukuyama, a partire cioè da quell'epilogo che ha segnato la fine della cosiddetta "Guerra Fredda" tra le due superpotenze e quindi l'inizio della politica di globalizzazione attiva e di guerre su larga scala, operata dagli Usa e dai loro accoliti e vassalli dell'Anglo-sfera.

Una prassi politica che ha messo "a ferro e a fuoco" il mondo intero, gettandolo di conseguenza apertamente in uno scenario di devastazione, di caos, e di morte.
Fatto che è tangibilmente evidente nel quadro complessivo della nostra contemporaneità.

Leggerezza e Pienezza

Debbo dirvi che proprio a partire da quel momento, proprio da lì, sorprendentemente, avevo cominciato ad amare l'Africa.
"Amare per amare", ve lo dico francamente.

Riflettevo sulle lungimiranti e sagge parole di Thomas Sankara, pensando tra me e me che per davvero non esistevano e non sarebbero esistiti più, almeno per lungo tempo né in Occidente e neppure in Africa, Leader del calibro e dello spessore umano e morale di Thomas Sankara e di tutti gli altri Leader di cui vi ho accennato, di cui vi ho fatto il nome.
Leader assolutamente carismatici e rivoluzionari, profondamente consci dell'importanza strategica delle proprie parole, dei propri pensieri e delle proprie azioni, coscienti della portata almeno "epocale" dell'edificio che con estrema difficoltà, nei marosi avversi della Storia del Novecento, essi erano stati chiamati ad edificare, nella corrente perversa del sistema di potere globale, coloniale prima e poi neo-coloniale e imperialista, poi.

Leader che avrebbero realmente potuto cambiare le sorti del loro Paese e dei loro stessi popoli ma forse anche il destino dell'intero Continente africano, se solo avessero potuto proseguire la loro opera, se solo non fossero stati malamente e ferocemente bloccati nel perseguimento del loro legittimo disegno politico e sociale.

Visto che in qualsiasi modo, letteralmente, essi sono stati fatti oggetto delle mire devastanti se non addirittura apertamente omicide (tanto per l'Africa che per il mondo intero) di quel Potere neo-coloniale e imperialista messo in atto dalle sue spietate e perverse Oligarchie.
Le Oligarchie del denaro, della guerra, e del farmaco.

E questo è successo nella nostra Storia recente, quella del Ventesimo e del Ventunesimo secolo, non duemila anni fa ...

E mentre risuonavano in me queste considerazioni, espresse tra me e me con le stesse parole che adesso vi sto riportando qui, tali e quali come allora le andavo affabulando, ecco che nel mio immaginario correvano inspiegabilmente scene e stralci di immagini del mio breve soggiorno africano.
Si trattava di quelle poche immagini che ancora distintamente ricordavo e che erano relative a quel pugno di mesi, sicuramente pochi e forse troppo pochi, che avevo vissuto in quel Continente che adesso pure sentivo lontano e remoto, ma in qualche modo "mio".
E si affacciavano alla mia memoria, una dopo l'altra in sequenza, quelle mattine luminose e tranquille trascorse nella pace più totale, inavvertitamente, sotto a quei cieli mirabilmente azzurri e turchesi-aranciati da paradiso terrestre e da Età dell'Oro.

Nella carezza brillante del vento iridato che spazzava via dalla limpida volta i cirri bianchi e cotonati, relegandoli sullo sfondo del piatto orizzonte antico.
A mo di ghirlanda aranciata, rosacinerina e argentea, che restava sospesa ai limiti dell'orizzonte visibile, puntata sopra allo specchio oceanico.
Come se quel pugno di cirri opalescenti fossero stati i guardiani del mondo, che il sole investiva di tutto il suo splendore e di tutto il suo fulgore.

E' l'Equatore, bellezza …

Era la carovana splendente di quei cieli, di quel Continente Australe, la sua sarabanda di luce, che per qualche ragione -che io stessa bellamente ignoravo e ignoro e di cui non saprei dire di più- diveniva lo sfondo proprio, lo scenario immutabile ed eterno, la cornice ostinatamente fissa di quelle parole e di quei discorsi tanto dirimenti e tanto scandalosamente veri.

E proprio quello scenario naturale e il suo sfondo luminoso acquistavano così il senso peculiare e inevitabile di una "liberazione".

Da che cosa poi mi venisse questa idea o, per meglio dire, questo "senso di liberazione", che aleggiava in me e nel mio animo come un aquilone colorato, come un pensiero felice, non saprei davvero.
Era però un pensiero oltremodo felice, questo sì lo sapevo, perché esprimeva una sensazione di pienezza e di leggerezza ideali, che avrei potuto concepire come il Leitmotiv del paradiso terrestre e dell'Età dell'Oro.

E mi era impossibile capire le ragioni di questo connubio ideale di Leggerezza e di Pienezza, visto che l'uno e l'altro aspetto sembravano tanto intrinsecamente vincolati, tanto strettamente e saldamente legati tra loro, tanto indissolubilmente uniti, da non poter riconoscere in quale rapporto stessero quelle parole e quei pensieri rivoluzionari con la sequenza delle immagini luminose stralciate dai miei ricordi di quei luoghi ...
Per quale ragione li sentissi entrambi tanto profondamente legati e tanto inscindibilmente congiunti.

Si trattava di un mistero, probabilmente, mi dicevo.
Eppure una cosa per me era certa, e cioè che l'uno e l'altro elemento (seppure eterogenei tra loro) conferivano al mio animo un senso di liberazione e di felicità.
Sì, di felicità piena e autentica.
Perché è incontrovertibile il fatto che in Africa si deve poter pensare all'Africa e non ad altro.
A niente altro.

Perciò bene fanno coloro che partendo alla volta di questo Continente Australe, si attrezzano dovutamente e conseguentemente con le letture e con lo studio attento.
Con lo studio delle Civiltà, delle Culture, e della Storia del Continente Australe.
Ben sapendo in quale misura la conoscenza della Storia renda più suggestivi perché più "comprensibili" questi stessi luoghi, nei quali ci è dato in sorte di vivere per un tempo e che sono -e sono stati- il teatro della Storia medesima.

Perché il "corredo sapienziale" è parte integrante ed insostituibile della conoscenza dei luoghi anche geograficamente intesi.

E questo posso dirlo con assoluta convinzione e certezza.

Poiché i luoghi del mondo sono un poco come le persone che, per amarle, dobbiamo non soltanto vederle e conoscerle, ma anche conoscerne la storia personale, senza la quale l'amore non "scocca" e la sua scintilla non si accende nel nostro cuore.

Perché l'amore è come una scintilla, che si accende senza il nostro permesso e quasi sempre senza che ne conosciamo le ragioni, senza che le sappiamo.

Coscientemente non sempre afferriamo, infatti, le ragioni del nostro amore per qualcuno, anche se esse esistono, esistono e ci sono, eccome ...

Visto che sono lì vive e vegete, presenti nel fondo del nostro animo, un centimetro sotto al nostro cuore.

E presto arriveranno ad approdare coscientemente in noi regalandoci la contezza della loro presenza, come le corvette dei pirati che solcano l'orizzonte.

Allora sapremo che quelle ragioni si preparavano già da tempo nel profondo del nostro cuore e sarebbero presto o tardi emerse in noi con tutta la forza possibile e immaginabile di un dato di fatto Vero e Reale.

Le ragioni del nostro innamoramento che assomigliano ad un pugno di pirati che, alle prime luci dell'alba, sbarchino su un lembo di terra tra gli scogli, in una baia deserta davanti al mare ...

Il Governo Sankarista del Burkina Faso

Il nuovo governo uscito dalla presa del potere da parte di Thomas Sankara e dei suoi collaboratori e poi ministri, il giorno 4 agosto del 1983, aveva di fronte a sé un lungo elenco di priorità da porre in essere per rimettere in sesto il Paese.
Si trattava di vere e proprie sfide.
L'Alto Volta era allora, infatti, un paese letteralmente disastrato in tutti i sensi, sia economicamente che socialmente, che politicamente.

Perché a partire dal momento dell'indipendenza dalla Francia, l'Alto Volta era stato sconvolto da successivi quanto turbolenti cambiamenti politici, quasi sempre violenti e golpisti, e da una crisi economica devastante.
Era uscito anche dalla gravissima siccità dell'anno 1974 che aveva drammaticamente colpito le campagne e la vita dei piccoli contadini del Sahel.
L'Alto Volta era allora un Paese caratterizzato dalla povertà generalizzata, dall'analfabetismo, e dal degrado delle condizioni di vita della stragrande maggioranza della sua popolazione.
Inoltre, l'Alto Volta era caratterizzato, come molti altri Stati africani, dalla corruzione dilagante, inevitabilmente presente non solo ai vertici del governo ma anche in

seno a quella ristretta fascia sociale relativamente privilegiata e benestante che storicamente aveva costituito la classe dirigente del Paese, a vari livelli e in vario grado.

Fatto che riguardava in maniera particolare quella fetta circoscritta di borghesia impiegatizia e cittadina che rappresentava l'anello di congiunzione tra i vertici del governo e la massa popolare, soprattutto quella contadina.

Una delle prime cose che il governo presieduto da Thomas Sankara aveva provveduto a fare, sin dall'inizio del suo mandato, e questo succedeva l'anno seguente cioè il 4 agosto del 1984 in occasione della commemorazione del primo anniversario della rivoluzione, era stato il cambiamento del nome dello Stato che, da Alto Volta (nome coloniale) era stato trasformato in Burkina Faso, con capitale a Ouagadougou.

Burkina Faso significa letteralmente "Paese degli uomini integri" e dunque il cambiamento del nome era da leggersi come una sorta di augurio per la nazione che idealmente era stata rifondata proprio a partire dal 4 agosto del 1983.

Fatto che aveva avuto luogo con il proposito implicito di evidenziare, anche formalmente, l'avvento di un cambio reale e radicale ai vertici del Paese e quindi nell'ambito dei suoi orientamenti politici ed economici più rilevanti.

Contestualmente, erano stati cambiati anche la bandiera e l'inno nazionale.

Tutto ciò aveva avuto luogo emblematicamente in relazione ai nuovi obiettivi formulati dalla dirigenza politica sankarista e tali da conferire al Burkina Faso un diverso assetto ed un profondo mutamento, in vista di un'uscita definitiva dalla crisi generalizzata in cui il Paese versava dopo avere ottenuto l'indipendenza.

Il Burkina Faso non poteva aspettare ancora altro tempo.
Perché urgenti erano le misure da intraprendere, tutte rigorosamente socio-economiche, e perciò essenziali per cambiare radicalmente il Paese e la vita materiale del suo popolo.
Traghettando il Burkina Faso fuori dalle sabbie mobili della stagnazione economica, della precarietà politica, e dall'assenza di orizzonti di vita per la stragrande maggioranza della sua popolazione.
Una maggioranza chiaramente contadina e analfabeta, come si diceva, proletarizzata nel corso del tempo, proprio a partire dall'epoca coloniale.

Il programma politico del governo di Sankara era perciò molto ampio e ambizioso.
Perché il governo sankarista aveva iniziato sin da subito la costruzione di nuove scuole e di nuovi ospedali e aveva iniziato una grande campagna di rimboschimento verde nella quale erano stati piantati milioni di alberi per far rivivere il Sahel desertificato.
E contestualmente era stata promulgata una Legge di Riforma Agraria per la redistribuzione delle terre tra i piccoli contadini, congiuntamente all'aumento dei prezzi dei prodotti agricoli e alla soppressione delle relative imposte.
Quelle imposte inique che erano a carico dei piccoli produttori agricoli i quali rappresentavano -e

rappresentano tuttora- la stragrande maggioranza della popolazione del Paese.

Con il governo di Thomas Sankara erano state adottate anche importanti misure socio-politiche a favore dello Empowerment femminile, per la liberazione della donna e per la parità sociale tra i generi.
Misure di Empowerment, dunque, realizzate ad ampio raggio e tese all'eliminazione di quelle tradizioni discriminatorie secolarmente radicate e diffuse nei confronti delle donne, in Burkina Faso.
A cominciare dal divieto della prassi tradizionale dell'infibulazione e dal divieto della poligamia.
Con il fine di restituire dignità sociale alla donna e di coadiuvare di fatto la sua piena partecipazione alla vita pubblica, sia civile che politica, al pari dell'uomo.

Si era tentato, inoltre, di risolvere il grave problema abitativo mediante politiche di edilizia statale e pubblica, di edilizia popolare, procedendo alla costruzione di nuovi edifici ad uso abitativo.
In virtù della Legge del 8 agosto del 1984, ad un anno dalla rivoluzione sankarista, era stato sancito anche il principio -rilevantissimo- che tutta la terra in Burkina Faso fosse di proprietà dello Stato e soltanto ad esso appartenesse.
Era stato decretato anche un consistente abbassamento delle tasse relative alla scuola primaria e a quella secondaria, con il fine di favorire l'istruzione popolare.

Erano stati, inoltre, potenziati i trasporti pubblici tanto nella capitale che in altri centri urbani, ed erano stati anche iniziati i lavori di prolungamento e di rafforzamento della rete ferroviaria, nella cosiddetta "Battaglia della rotaia".

Il 22 aprile del 1985, il governo sankarista aveva formalmente lanciato le "Tre Lotte", che erano quelle contro il taglio abusivo degli alberi, contro gli incendi del sottobosco, e contro la divagazione degli animali.
Pochi mesi dopo, nell'agosto dell'anno 1987, aveva avuto inizio la Campagna PSP, ovvero quella campagna relativa ai "Posti di Salute Primaria" che contemplava la creazione di dispensari e la formazione di personale medico e infermieristico addetto al primo soccorso della popolazione residente nei villaggi.
Nell'anno 1987, nel quadro della lotta contro le ingiustizie sociali e contro la corruzione, era stata costituita la Commissione del Popolo per la Prevenzione della Corruzione, a beneficio della popolazione burkinabè e in vista di un Paese più giusto e più "integro".

Il 15 ottobre del 1987, però, Thomas Sankara moriva, ucciso in un attentato a Ouagadougou insieme ad una quindicina di persone tra guardie e consiglieri.
Finiva così, drammaticamente per tutti, la strenua lotta di Thomas Sankara per un'Africa e per un mondo migliore.

da "Thomas Sankara. I Discorsi e le Idee" Roma, 2003.

I Periodi della Vita

La sensazione che avevo in quei giorni era quella di essere entrata in un altro periodo della mia vita.
In un altro "ciclo" della mia esistenza.

Sì, perché i periodi, i cicli della vita, esistono e sono Reali.

Sono epoche storiche che si aprono e che si chiudono dopo un certo periodo di tempo e che constano di un lasso diacronico che non è orientato del tutto consapevolmente da noi stessi.
E desidero qui sottolineare proprio questo aspetto della cosa.
Perché si tratta di un tempo la cui durata non è in nostro potere decidere, né è in nostro potere decidere come si aprirà e quando e come (e dove) si chiuderà.
Un tempo che ancor meno può essere da noi stessi interamente pianificato, per quanto assurdo tutto questo possa sembrare.

Sono periodi che si aprono e si chiudono nel tempo, come i portali dimensionali si aprono e si chiudono nello spazio.

Senza che noi ne abbiamo contezza se non molto parziale (mentre li viviamo), e senza che noi possiamo prenderne pienamente atto se non, appunto, quasi esclusivamente a posteriori.

Visto che siamo in grado di individuare chiaramente questi periodi solo molto più tardi, quando riflettiamo in retrospettiva sulla nostra vita e sul nostro passato.
Sui nostri stessi trascorsi.

Magari, prendendone atto soltanto molti anni dopo, quando ci è consentito ragionevolmente di identificare quel periodo determinato con una certa quale chiarezza, in una sorta di chiaro-scuro della realtà, e di tratteggiarlo idealmente come un tutto circoscritto, unendo i puntini degli eventi salienti, come in quel gioco di abilità mnemonico-figurativa.
Sapendo che quel periodo che si era aperto per noi in quelle determinate circostanze si era poi chiuso in quelle altre circostanze ancora.

Ricordo per esempio a questo proposito, proprio come fosse stato ieri, il mio ultimo giorno dell'esame di Maturità del Liceo Classico, la seconda e ultima prova, quella degli Orali.

Si era alla fine di luglio, era forse il venti luglio o giù di lì, e faceva molto caldo a Roma.
E dopo l'esame ero ritornata a casa stanca morta e sudata, con il carico dei libri di Italiano e di Storia, che erano le due materie che avevo portato all'esame Orale di Maturità.

Quei libri ponderosi che avevo tenuto a braccio, raccolti e chiusi con una cinta elastica e che, una volta rientrata a casa, avevo depositato sullo scrittoio della mia stanza, con la netta sensazione di liberarmi in quel mentre da un peso enorme.
Definitivamente e per sempre.

Perché, nel momento in cui avevo appoggiato i libri sul tavolo sopra al mio scrittoio, stanca, stressata e sudata, avevo sentito distintamente che in quel momento per me si era chiuso un lungo periodo temporale iniziato probabilmente il primo giorno di scuola della prima elementare, in tutt'altro contesto e in tutt'altra epoca storica.
Era stato un lungo ciclo che si era in quell'oggi concluso per sempre.

Perché questa era stata la mia netta sensazione, la mia chiara percezione, alla fine di quella infinitamente lunga mattina che mai dimenticherò.
Quando, dopo avere sostenuto l'esame, rientrando a casa con le braccia ancora tremanti per la stanchezza, appunto sia per lo stress emotivo vissuto che per il peso dei libri, li avevo scaricati "definitivamente" sul tavolo con un senso evidente di liberazione assoluta e totale.
E avevo letto nel mio gesto, immediatamente e inequivocabilmente, la parola "fine" impressa nel mio stesso atto.

Fine di un'epoca, cioè fine di un ciclo.

Perché da quel momento in poi sarei passata ad un "altro" ciclo e ad un'altra epoca della mia vita.

Mi piacesse o meno.

Ma era un fatto largamente indipendente dalla mia stessa volontà.

Visto che quel ciclo era stato portato a compimento volente o nolente, in qualche modo che era strettamente indipendente da me e dal mio diretto volere.

Così quel ciclo concluso in quel lontano giorno, mi salutava prendendo la sua corsa verso il luogo degli eventi finiti, il luogo nel quale idealmente convergono e si sedimentano tutti gli eventi passati e trascorsi della nostra vita, dal primo all'ultimo.

Quegli eventi che non torneranno più, che non si ripeteranno mai più, almeno identici e almeno nella nostra stessa esistenza.

Quei periodi di cui la nostra esperienza mondana si compone e dai quali in sequenza è integrata, e mercé i quali si struttura e prende forma.

Periodi intesi rispettivamente come un insieme di tasselli del nostro stesso mosaico esistenziale.

Quegli eventi delle epoche della vita che noi attraversiamo, alla volta con frenesia o con cautela, come quando camminiamo sotto alla pioggia saltando tra le pozzanghere, da una pozzanghera all'altra, nel tentativo di non bagnarci i piedi o le scarpe ...

Allo stesso modo, ma in tutt'altre circostanze evidentemente e certamente molti lustri dopo, avevo sentito con chiarezza, ancora una volta, la fine di un'epoca della mia vita.

Come se fosse stato il rumore sordo e improvviso di una porta che si fosse chiusa alle mie spalle, in segno di transizione definitiva verso un'altra epoca, nuova e sconosciuta, verso un'altra tappa della mia stessa vita.

E debbo supporre che le tappe che costituiscono la sequenza della nostra vita siano disposte lungo un'asse che procede in salita e che si dipanino in successione, in un crescendo di difficoltà, visto che ogni tappa successiva, nella nostra mondana esistenza, a me sembra implichi esattamente questo.
Ovvero un accrescersi, un Crescenduum, di difficoltà materiali e morali nonché di autentiche sfide, nei confronti di noi stessi e del mondo nel suo complesso, alle quali siamo chiamati a rispondere punto per punto.
Tacca per tacca.

Almeno questa resta la mia opinione, ma potrei anche sbagliarmi, perché a proposito di queste cose nessuno, ma proprio nessuno di noi, ha la verità in tasca, come si suol dire …
Visto, oltretutto, che qui vi racconto esclusivamente la mia esperienza personale dalla quale necessariamente, e fuori di dubbio, debbo partire.

Presa di Coscienza

Perché era finita la fase della mia singola individualità egoisticamente intesa, monadica e ancora probabilmente ampiamente ancorata ai cliché di stampo post-adolescenziale, nonostante tutto.

Perché inspiegabilmente adesso ero entrata nella fase più matura della mia vita, quella del senso pieno della collettività e della socialità, nonché del mondo inteso come sistema integrato di convivenza globale.

Visto che la nostra vita ha senso e significato soltanto se si tiene conto del contesto globale e della Storia, fuori della quale anche l'Ego individuale perde di senso compiuto e di significato proprio, e diviene un Quid "monadico" soggetto esclusivamente ai moti imprevedibili di un'individualità da coscienza Humiana.
L'Ego diventa una sorta di scenografia teatrale sulla quale si muove l'Apparente, riflettendo il passaggio contingente e casuale di eventi incidentali isolati e perciò slegati anche ontologicamente, non solo logicamente, tra loro.
Un Ego individuale inteso come espressione quintessenziale di un puro e semplice "Io voglio"

transitorio e transeunte, "che lascia il tempo che trova", come popolarmente si dice.

L'Africa è storicamente dietro l'angolo del nostro Occidente e ignorarla nel suo divenire storico, nel suo impianto etno-storico ed etno-antropologico, nella sua peculiare essenza Etno-etica, è semplicemente un fatto privo di senso e destituito di qualsiasi ragionevolezza e di qualsivoglia intelligenza.
Di qualsiasi forma di Logos.

E questo fatto lo avevo colto in pieno, come per un'illuminazione, come era successo a Paolo di Tarso sulla Strada di Damascus, con l'afferrare il senso profondo del messaggio di Gesù di Nazareth.
Così era successo anche a me, certo, visto che avevo colto in pieno ed afferrato al volo la "chiave di volta" che un ignoto quanto potente Deus ex Machina mi porgeva in quel luminoso momento dall'alto delle sue sfere, dall'Iperuranio di Platonica memoria, nella forma e nella quintessenza delle parole profferite da Thomas Sankara e lasciate in eredità al mondo e quindi a tutti noi.
Ma avrebbero potuto benissimo essere anche le parole e i discorsi di un Amilcar Cabràl o di un Eduardo Mondlane, oppure di un Samora Moisès Machel o di un Patrice Lumumba, perché poco contava per davvero, poca differenza ci sarebbe stata tra Chi avesse detto Cosa.
Visto che l'illuminazione doveva pur darsi nel mio animo quel giorno, e questa illuminazione doveva pur avvenire presto o tardi nella mia vita, visto che in quel mentre mi trovavo per davvero idealmente anch'io,

come Paolo di Tarso, in cammino sulla Strada per Damasco.

In cammino, cioè alla ricerca di una spiegazione e di una ragione che potesse illuminare i miei giorni, la mia esistenza in toto.

Perché la profondità dei luoghi e delle culture, dell'Ethos e dell'Etnos dei popoli, soltanto la Storia può esprimerla e fornircela.

La Storia che è -e che rappresenta- de facto l'ultimo e definitivo baluardo a sostegno della comprensione delle ragioni dell'Esistente tutto.

Niente altro che la Storia, dunque, intesa in senso Vichiano, può chiarire le ragioni fondamentali dell'Esistente mondano.

E tutto ciò che alla Storia appartiene di diritto e di fatto, a partire dalle gesta degli eroi e dai discorsi dei Leader carismatici che nella Storia si palesano e che l'animano dall'interno, come un filo rosso che scorra e serpeggi sotto traccia, sotto alla sua scorza nuda e cruda, nell'ombra remota delle telluriche profondità.

Soltanto la Storia e la Sapienza che le è propria, cioè lo Storicismo, possono fornirci la chiave di lettura per la comprensione dell'Esistente Reale, niente altro fuorché questo.

Dire che in quei luminosi frangenti si era aperto davanti ai miei occhi, assonnati e sorpresi, un mondo nuovo che mi appariva di gran lunga più profondo di quello che conoscevo e che vivevo da sempre, era realmente dire poco.

Perché avevo vissuto trentanove anni come una donna cieca e sorda, autoreferenziale e dogmatica, scettica ed insicura.

Come una donna debole, forse proprio perché non avevo un ambito esterno su cui puntellarmi, non avevo un riferimento fisso e costante, stabile e storico in senso oggettivo.

A supporto del mio Ego, e nella breccia del quale poter pienamente inserire la mia vita e la mia esperienza di vita, coerentemente e sensatamente.

Perché priva dello spazio collettivo, cioè della società e del tempo storico, anche la nostra stessa esistenza diventa incomprensibile, come incomprensibile diventa la nostra stessa coscienza, il nostro Ego, ai nostri stessi occhi.

Poteva dunque trattarsi di discorsi e di gesta di un altro Leader importante e di altri storici Capi carismatici, però la mia presa di coscienza non sarebbe cambiata, questo debbo pensare.

Perché fatalisticamente (e qui intendo il "fatalismo" come Motus attivo e pragmatico e non passivo e resiliente) proprio questo doveva succedere a me e in me.

Si chiama "presa di coscienza" questo Iter, questo processo, visto che non ha altri nomi.

Si tratta di un processo che, come tale, non comincia e non finisce in un giorno soltanto.

Ma che, al contrario, impiega anni ed anni per assurgere alla nostra attenzione razionale, alla nostra coscienza, affinché possiamo essere sicuri e certi che il processo si sia compiuto e che sia andato a buon fine.

Che sia partito un bel giorno, in un tempo passato e a noi ignoto, in un giorno X, uno dei tanti giorni della nostra vita trascorsa, arrivando puntualmente a destinazione, giungendo in tal modo fino al cuore del nostro Ego razionale.

E adesso questo Iter era compiuto e troneggiava davanti ai miei occhi increduli ed assonnati.

Ma intanto la breccia del mondo esterno era entrata in me, nella mia mente e nel mio cuore.

Mantenere la propria dignità di popolo

"E' questo che noi, popolo burkinabè, abbiamo capito la notte del 4 agosto 1983, quando le prime stelle hanno cominciato a scintillare nel cielo della nostra terra.

Abbiamo dovuto guidare la rivolta dei contadini che vivevano piegati in due in una campagna insidiata dal deserto che avanza, abbandonata e stremata dalla sete e dalla fame.

Abbiamo dovuto indirizzare la rivolta delle masse urbane prive di lavoro, frustrate e stanche di vedere le limousine guidate da élite governative estraniate, che offrivano loro solo false soluzioni concepite da cervelli altrui.

Abbiamo dovuto dare un'anima ideale alle giuste lotte delle masse popolari che si mobilitavano contro il mostro dell'imperialismo.

Abbiamo dovuto sostituire per sempre i brevi fuochi della rivolta con la rivoluzione, con la lotta permanente ad ogni forma di dominazione.

Prima di me altri hanno spiegato, e senza dubbio altri spiegheranno ancora, quanto è cresciuto l'abisso fra i popoli ricchi e quelli la cui prima aspirazione è saziare la propria fame e calmare la propria sete, e sopravvivere seguendo e conservando la propria dignità ...".

da "Thomas Sankara. I Discorsi e le Idee" Roma 2003.

Con queste parole dure e accorate Thomas Sankara già presidente del Burkina Faso, interveniva alla Trentanovesima Assemblea Generale delle Nazioni Unite a New York il 4 ottobre del 1984, poco più di un anno dopo l'insediamento del suo governo a Ouagadougou.

Le parole profferite da Thomas Sankara all'Assemblea Generale delle Nazioni Unite rappresentano compiutamente, in questo Incipit di discorso, quali fossero state le ragioni decisive ed improcrastinabili della presa di potere nel Paese da parte dei militari sankaristi nel corso della recente rivoluzione popolare.
Era stata una rivoluzione vera e propria, infatti, quella che aveva posto a capo del governo nella veste di Presidente dell'Alto Volta lo stesso Thomas Sankara, nella notte del 4 agosto del 1983.
Alla luce delle prime stelle, nel cielo notturno.

Il disastro economico dell'Alto Volta era la ragione fondamentale e dunque costituiva in assoluto la prima urgenza della rivoluzione e del nuovo governo.
Era esattamente il disastro economico e il degrado del Paese iniziato già in epoca coloniale, ma che nel corso del ventennio successivo all'indipendenza si era fatto molto più critico e sostanzialmente devastante per l'Alto Volta e per il suo popolo.
Quel periodo di tempo durato circa vent'anni a partire dal giorno dell'indipendenza dalla Francia, a cominciare dal quale la situazione sociale ed economica dell'Alto Volta era andata costantemente peggiorando a vista d'occhio, come del resto erano drammaticamente

peggiorate le condizioni materiali di vita del suo stesso popolo.

In particolare modo, era realmente divenuta gravissima la condizione di coloro che vivevano delle campagne, la massa dei contadini che costituivano -e che costituiscono tuttora- la stragrande maggioranza della popolazione totale del Burkina Faso.

Al pari degli altri Paesi che integrano la Regione Australe del Continente africano.

Un popolo, quello contadino, che viveva "piegato in due", dice Sankara nel suo intervento, nel tentativo pressoché disperato di strappare terre coltivabili al deserto sahariano che avanzava in quella fascia di terra dell'Africa Occidentale che si chiama, appunto, Sahel.

Si trattava di estensioni di terra semi-abbandonata perché stremata dalla sete e dalla fame, quella che il governo sankarista aveva di fronte a sé e alla quale era chiamato a rispondere con provvedimenti urgenti e a fornire soluzioni concrete e decisive, nonché tempestive.

Contro l'avanzare della siccità e del deserto, con i conseguenti gravissimi problemi di fame e di sete per l'intera popolazione contadina stanziata da molti secoli in quel territorio.

I bisogni vitali dei contadini erano stati irrimediabilmente compromessi dalla lunga siccità che aveva investito la regione nell'anno 1974 e dall'assenza strutturale di misure che avrebbero nel tempo dovuto fermare o per lo meno arginare e contenere la desertificazione della fascia di terra saheliana, e perciò il degrado del suolo coltivabile.

Inoltre, il rapido prosciugarsi delle fonti idriche, inevitabilmente favorito dalla siccità e dall'avanzare del deserto, avevano messo profondamente a repentaglio la stessa sopravvivenza fisica della popolazione contadina della zona del Sahel.

Accanto al dramma della siccità, quindi, a Latere del dramma della sete e della fame concrete e reali per la popolazione contadina burkinabè, c'era anche il guaio della disoccupazione crescente in seno alla popolazione urbana, minoritaria di certo rispetto a quella contadina ma che tuttavia versava, anch'essa, in condizioni socio-economiche drammatiche.

Le masse urbane erano prive di lavoro e di prospettive di vita, e dunque erano state impoverite e degradate nel corso dei due decenni trascorsi dall'indipendenza coloniale.

Oltretutto, i ceti urbani erano stanchi e indignati dall'assistere passivamente al passaggio delle auto di lusso di quella borghesia cittadina più ricca, in quanto legata al potere politico di turno, in realtà eterodiretto.

Quella borghesia cittadina legata alle élite governative "estraniate" in quanto costituite ed integrate da manutengoli e da fantocci di un potere estraneo ed estero, di un potere neo-coloniale e imperialista, per meglio dire.

Un potere neo-coloniale e imperialista, in realtà, le cui soluzioni suggerite per il Burkina Faso non potevano che essere a loro volta estranee agli interessi concreti e reali del popolo burkinabè e perciò inconsistenti se non addirittura controproducenti.

Si trattava, infatti, di soluzioni che erano il frutto di menti "altre" e che, come tali, rispondevano esclusivamente ad interessi "altri", estranei anch'essi a quelli dell'Alto Volta e del suo stesso popolo.

E questa era stata la ragione fondamentale del disastro economico e sociale del Paese, che aveva preso forma definitiva proprio nel corso degli ultimi due decenni del XX secolo.

Il problema principale dell'Alto Volta stava nel fatto che le decisioni che venivano prese dal governo di turno, erano tutte pensate da quelle menti estranee agli interessi del Paese stesso, estranee cioè agli interessi nazionali.
Perché quei "cervelli" obbedivano a Dictat esterni rispetto all'Alto Volta e rispetto ai legittimi interessi del suo popolo, penalizzando di proposito la nazione e rendendola eternamente dipendente in senso neo-coloniale proprio da quello stesso Occidente che aveva tutto l'interesse a continuare ad impoverire l'Africa e ad imporgli un corredo di richieste sostenute da quelle ben note ricette macroeconomiche recessive fondate sul "debito", e perciò assolutamente controproducenti per l'intero Continente africano.
Ricette che si erano configurate nel tempo come escamotages essenzialmente subalterne, frustranti, controproducenti, nonché socio-economicamente sbagliate e fallimentari e perciò inaccettabili, tanto per l'Africa quanto per i suoi popoli.

Per tutti coloro che desideravano e che lottavano per un'Africa indipendente e sovrana, affrancata completamente da ogni forma di dipendenza neo-coloniale e tanto più imperiale, imperialista.

La rivoluzione popolare di Thomas Sankara aveva raccolto questa serie di ragioni e, inoltre, aveva calamitato quella sequenza di mobilitazioni diffuse tra le città e le campagne, collocandole tuttavia sotto un'unica veste ideale e sotto un'unica bandiera, possibilmente nuova di zecca.

Affinché fosse chiaro a tutto il popolo burkinabè come il nemico contro cui era necessario combattere questa guerra lunga e difficile ma sommamente necessaria, fosse quello stesso neo-colonialismo e quell'imperialismo che sfornava ricette volutamente errate ed erronee con il fine di continuare a esercitare il proprio dominio sulla congerie dei popoli e degli Stati Nazionali, nella persona dei loro stessi governi.
Governi che da molto tempo erano, almeno formalmente, indipendenti e sovrani.
Il tutto ad esclusivo vantaggio degli interessi di aperto dominio imperialistico, legati al ricatto economico e al "debito" degli Stati africani.

Perciò, era necessario sottrarsi quanto prima e quanto più drasticamente possibile alla mano longa di codesto "Mostro" imperiale e al suo giogo.
Sottrarsi all'egida dell'imperialismo storico e al suo devastante ricatto implicito.

Perché questa doveva essere la Ratio profonda posta a fondamento di qualsiasi azione politica, da svolgersi nel tempo necessario ma attivamente da parte di tutti.
Un'azione compatta che avesse avuto coscientemente in animo la tutela del popolo sovrano e il destino dello Stato nazionale.

Sottraendoli entrambi alla mano violenta di un potere tanto mostruoso quanto esiziale, di un potere senza volto e per sua stessa natura "impietoso".

Un potere mostruoso e imperialista, peggiore se possibile dello stesso dominio coloniale.

Il quale imperialismo avrebbe reiterato nel tempo la schiavitù, la miseria, e l'oppressione nel Continente africano.

Il caso ha voluto

Avevo acquisito una consapevolezza del tutto adulta e matura riguardo al semplice fatto che esiste un mondo che si trova davanti alle nostre finestre e sotto ai nostri occhi e che ci è sconosciuto, che ci è letteralmente ignoto, e che questo fatto succede troppo spesso, fin troppo spesso.
Si tratta di un mondo composito e variegato tanto nell'Ethos come nell'Etnos dei popoli e che noi ignoriamo volutamente e altrettanto ostinatamente.

Esiste un mondo composito e polimorfico che ha avuto trascorsi storici estremamente difficili e turbolenti, tumultuosi, e che tuttora vive un'esistenza collettiva oltremodo critica e tormentata.
E le ragioni di questo fatto, di tale storica circostanza, credo che siano state tutte mirabilmente espresse e spiegate da Thomas Sankara nei suoi puntuali discorsi e nelle sue conferenze, tenute nelle sedi istituzionali tra le più prestigiose al mondo.

Perché effettivamente basta (e basterebbe) "semplicemente" affacciarsi alla finestra della Storia e dei trascorsi storici dei popoli "altri e lontani" per capire e per comprendere le ragioni della crisi che è storicamente permanente nel Continente africano.

Quella deleteria molteplicità di ragioni che sono tutte oggettive e quindi Vere e Reali e nelle quali ha svolto, e svolge inevitabilmente, un ruolo centrale e drammaticamente esiziale l'Occidente stesso.

Cosa vergognosa di per sé, in sé e per sé, mi dicevo, scuotendo la testa come un mulo recalcitrante.

Perciò, avevo richiuso il libro di cui avevo letto soltanto poche righe quella mattina, ma comunque sufficienti come per farmi un'idea abbastanza chiara e distinta della figura e dell'opera storica rilevantissima di Thomas Sankara, il grande Leader nazionalista e pan-africanista del Burkina Faso e della Rivoluzione popolare dell'Alto Volta del 1983.

Saltando e "salpicando" qui e là, a destra e a manca, in alto e in basso, tra le pagine e le righe del libro sottile, con una certa quale inconscia determinazione a sapere, a conoscere, a prendere atto.
E in quei frangenti mi ero ripromessa, assolutamente, non soltanto di leggere il libro con tutto lo scrupolo necessario, e di leggerlo tutto per filo e per segno, ma addirittura anche di studiarlo, sì, di studiarlo, avete capito bene …

Studiarlo interamente e doviziosamente, riflettendoci sopra a lungo con cognizione di causa, come si dovrebbe fare da parte di tutti noi, cittadini del mondo, nei confronti della straordinaria figura di Thomas

Sankara, di uomo e di ideologo del panafricanismo militante.

Come del resto la sua figura merita ed esige, e come merita ed esige quel paese lontano e sicuramente bellissimo che è il Burkina Faso, l'antico Alto Volta.

Come, del resto, merita l'Africa tutta, in generale.

Almeno questo è ciò che penso.

Perché non potevo più continuare a vivere senza conoscere -neppure superficialmente- la Storia dell'Africa.

Tale era il fatto, e ve lo dico per inciso e a chiare lettere.

Perciò, avevo lasciato il libro ordinatamente in vista sul mio scrittoio, considerato il fatto che l'indomani mattina con tutta la calma e la tranquillità possibili l'avrei aperto, ma questa volta per studiarlo integralmente, Cum grano Salis, come Dio comanda.

Perché non potevo più continuare ad ignorare la Storia dell'Africa.

Però, proprio in quel momento mi ero ricordata del foglietto volante, del bigliettino, con ivi incisa la scrittura di mio marito.

Quel foglietto che il libro aveva contenuto tra le sue pagine e che era stato in fin dei conti la ragione prima per la quale lo avevo estratto dallo scaffale della libreria di Claudio a Dar es Salaam e l'avevo poi infilato automaticamente all'interno del mio bagaglio di viaggio, forse senza neppure pensarci.

E l'avevo portato con me fino a Roma, chiuso nel mio trolley blu da viaggio.

Ma, sapete una cosa?

Una cosa buffa e divertente in fondo, direi, una vera e propria boutade, questa sì per davvero…

E sorridevo tra me e me, pensando a questa cosa assurda, degna di un film comico …

Il foglietto non c'era più, non si trovava più, né nel libro e neppure sul pavimento del mio studio.

Si era perduto, smarrito, era andato perso irrimediabilmente.

Si era volatilizzato nell'aria …

Quando si dice il destino, eh?

"Bene", mi dicevo.

Perché il caso aveva voluto che la ragione dell'acquisizione di quel libro fosse stata da parte mia inizialmente proprio quella criptica traccia che adesso, guarda caso, si era semplicemente dissolta ed era scomparsa senza lasciare traccia …

Del resto un piccolo foglietto non fa rumore quando cade per terra, visto che pesa come una piuma e vola con il vento …

Così doveva essere successo a quel quadratino di carta bianca dai bordi indelebilmente ingialliti dall'umidità dell'Equatore …

"Bene", mi ero detta.

Perché adesso per davvero non avevo -e non avrei avuto- più alcuna, alcunissima, possibilità di indagare alcunché.

A che cosa e a chi si riferisse, cioè, quel numero e a chi alludesse quella lettera scritta in stampatello maiuscolo e puntata.

Scritta dalla mano di mio marito, senza alcun dubbio, vi ripeto.

E avrei dovuto desistere definitivamente dal raccogliere notizie e informazioni pressoché impossibili, dove che fosse e dove che potesse essere.

Eppure una cosa mi sembrava oltremodo chiara in quel mentre.

Ed era che comunque fosse, non mi interessava sapere più niente di quel numero e del suo presunto titolare, che doveva essere stata chiaramente una donna, se non andavo errata …

E mi ero affacciata alla finestra che prospetta sul giardino dalle aiuole fiorite, primaverili, davanti ad un leccio pluridecennale popolato di uccelli di ogni tipo, ai quali si erano aggiunti proprio in quei giorni degli sparuti gruppi di pappagalli verdi e gracchianti ...

Francamente, l'interesse per i trascorsi sentimentali di mio marito era scomparso dall'orizzonte della mia mente e dei miei pensieri, mi dicevo sorpresa io per prima, e si era dissolto nel mio immaginario, semplicemente come neve al sole.

Perché, per ragioni che ritenevo in gran parte a me stessa sconosciute e criptiche, la mia mente e il mio immaginario erano adesso abitati da altri pensieri.

Da pensieri di tutt'altro genere e di tutt'altro intrinseco tenore e valore.

Si trattava, evidentemente, di pensieri molto più gravi ma di gran lunga più consapevoli, certamente più profondi, rilevanti e fondati, di quanto in realtà non fosse un semplice adulterio, un adulterio nudo e crudo.

Almeno per me, per me stessa.

Dunque, sarei ritornata in Africa, ma questa volta sarei partita da Roma di gran lunga più consapevole tanto della Storia che della Cultura dei popoli di questo Continente.

Erano passati sei mesi

Ero stata sei mesi a Roma e nel bene o nel male avevo cresciuto i miei bambini e avevo fatto anche un poco di compagnia ai miei genitori (ammesso che ce ne fosse stato bisogno), peraltro ancora giovani e in gamba entrambi.
E soprattutto, avevo dedicato i pomeriggi delle domeniche dopo pranzo a lunghe passeggiate e a lunghe chiacchierate con mia madre.

E ad un tratto avevo cominciato a parlarle di Africa.
Così, all'improvviso, con sommo slancio e affanno, con sommo afflato ...

Certamente lei non sapeva niente né di Africa e neppure di Tanzania e tanto meno di Burkina Faso e chiaramente scambiava il mio Incipit "di ardore e di amore" nei confronti di questo Continente e dei suoi Paesi, con una forma comprensibile e legittima di nostalgia nei confronti di mio marito, dal quale da sei mesi ero lontana …
Ma non era questa esattamente la ragione del mio parlarle di Africa, affatto, ed io lo sapevo perfettamente.
Perché davvero, invece, avevo cominciato ad amare questo Continente, ad "amare per amare" l'Africa, dalla

quale ogni giorno che passava, ogni giorno di più, mi sentivo più lontana e la sentivo più irraggiungibile e più remota che mai ...

Come se l'Africa fosse stata un oggetto agognato che io sentivo sfuggirmi dalle mani e perdersi nelle nebbie del tempo, senza riuscire ad afferrarla.
Questa era la mia sensazione.
Praticamente, un incubo.
Tuttavia mia madre, che pure è una donna intelligente e razionale ma che dell'Africa non ha la benché minima idea, e neppure ha idea di tutto quanto possa direttamente o indirettamente riguardare questo Continente, aveva letto nelle mie parole e nei miei discorsi ripetuti, fissi, e in qualche modo ostinati, una grande e malcelata nostalgia da parte mia nei confronti di mio marito e della vita con lui.
E come dargli torto?

Perciò, proprio uno di quei pomeriggi camminando e conversando come sempre, lei mi aveva suggerito molto chiaramente ma anche affettuosamente nella veste di madre, nei confronti della figlia quale io sono per lei, di ritornare in Tanzania e di riprendere il filo interrotto della mia vita con Claudio, esattamente da lì, da dove l'avevo lasciato molti mesi prima.

"Adesso, però, ritornatene in Tanzania da Claudio che ti aspetta, ne sono certa, visto che è rimasto da solo per molti mesi, i bambini restano con noi senza alcun problema ...".
Mi aveva detto mia madre con estrema tranquillità e saggezza, quel pomeriggio luminoso mentre

passeggiavamo lungo i viali e i vialetti di Villa Ada e mentre distrattamente osservavamo la gente che correva, che camminava e che parlava, che conversava e che rideva, nelle ore del primo pomeriggio di quella domenica festosa di fine primavera.

"Non credo che Claudio aspetti me", le avevo risposto drasticamente, però pentendomi subito della mia frase improvvida che lasciava ragionevolmente immaginare e supporre uno scenario matrimoniale di rottura, un inizio di separazione di fatto se non di diritto.
Allora, mi ero immediatamente corretta, spaventata dalla brutalità delle mie stesse parole profferite nei confronti di mio marito, visto e considerato che non volevo trascinare quello che ritenevo essere esclusivamente un "mio" personale problema, nella vita dei miei genitori.
In particolar modo proprio nella vita di mia madre, che ne avrebbe certamente sofferto, mio malgrado.
Perché un matrimonio che si chiude costituisce un problema familiare e non soltanto un dramma personale, come taluni erroneamente pensano.
Si tratta, nel caso della separazione e del divorzio, di un problema vero e proprio, se non addirittura di un "guaio" bello e buono, che come tale va ben oltre la vita del coniuge lasciato, in questione, e investe -invece- come un vento foriero di uragani, tanto la vita dei figli che quella dei familiari tutti.
Una separazione è un vero e proprio problema, è un vero guaio personale e sociale, che travolge in pieno la vita e l'esistenza anche quotidiana della nostra famiglia di riferimento.
Questo è il punto, e di questo ne sono tristemente certa.

Perciò, avevo immediatamente modificato il tiro della mia infelice frase e avevo addolcito il senso delle mie parole, mettendo l'accento questa volta sul lavoro impegnativo di Claudio, sul suo prestigioso quanto responsabilizzante incarico diplomatico di Ambasciatore italiano accreditato in Tanzania.

E mi ero corretta subito, dicendo a mia madre questa volta, che Claudio per il lavoro che svolgeva, aveva ben poco tempo per crogiolarsi nella sua solitudine, questo volevo dirle.

"Non ti preoccupare mamma, che Claudio non sente tutta questa mancanza di me, impegnato com'è dalla mattina alla sera con il suo lavoro ...".

Così le avevo detto, con chiarezza adamantina, per cancellare l'errore insito nelle mie precedenti parole.

E mi ero resa conto che le mie parole ferme e decise -e decisive- avevano sortito l'effetto desiderato su mia madre e per fortuna l'avevano subito rasserenata.

Perché sul suo viso risorgeva in quel mentre un senso di calma e di serenità che poco prima avevo visto appannarsi, e corrugare la sua pelle tesa in una rete di sottili rughe che non le avevo mai visto e che mi erano francamente sconosciute.

"Non preoccuparti, mamma, che il mio rapporto con Claudio è ottimo e che le cose tra noi vanno a gonfie vele ...".

Avevo concluso un momento dopo, con un'enfasi inimmaginabile e perfino grottesca.

Infatti, cosa si fa pur di tranquillizzare gli animi dei propri figli e dei propri genitori, se si ritiene cosa non solo inutile ma addirittura malevola e dannosa da parte nostra, farli soffrire?

Perché qui era davvero il caso di parlare di "male minore", di "Ubi Maior Minor Cessat".
Come ci suggerisce da sempre l'antico detto latino, nonché il buon vecchio sistema di fingere e di raccontare balle, me spiacente ...
Mi sentivo costretta a mentire, a mentire a fin di bene però, sia chiaro.

"Non preoccuparti perché io e Claudio ci sentiamo tutte le sere da sei mesi, ed io ritornerò a Dar es Salaam, all'inizio del mese prossimo ...".
Avevo siglato poi con mia madre, con queste parole colme di quotidiana tranquillità, il mio discorso, fugando definitivamente tutte le nebbie delle ansie e delle legittime paure da parte sua, per la mia vita.
Nella voce della quale parlava sicuramente, ci avrei giurato, anche mio padre.
Entrambi legittimamente preoccupati per un'ipotetica quanto presunta fine del mio matrimonio con Claudio.

Ma come dargli torto, del resto?

Non potevo che dargli ragione anzi.

Perché anch'io mi sarei sentita sommamente preoccupata e rattristata se mia figlia un bel giorno mi avesse dato a sangue freddo una notizia tanto squallida e penosa, tanto cattiva e malevola, come quella della fine del suo rapporto d'amore.

La Rivoluzione è donna

"La nostra rivoluzione inizia con un cambiamento qualitativo e profondo della nostra società.
Esso deve necessariamente tener conto delle aspirazioni della donna burkinabé.
La liberazione della donna è una necessità del futuro, e il futuro, compagne, è ovunque portatore di rivoluzioni.
Se perdiamo la lotta per la liberazione della donna, avremo perso il diritto di sperare in una trasformazione positiva e superiore della nostra società.
La nostra rivoluzione non avrà dunque più senso.
Ed è a questa nobile lotta che siamo tutti invitati, uomini e donne."

Così, con queste toccanti parole si esprimeva Thomas Sankara il giorno 8 marzo del 1987 in occasione della Giornata internazionale della Donna, a Ouagadougou.

Perché la "questione della donna", il suo affrancamento sociale e familiare dai cliché plurisecolari che la definivano come soggetto subalterno tanto rispetto all'uomo, al maschio, che in seno alla società in generale, era per Sankara un elemento determinante -e insieme- un obiettivo storico di primaria importanza proprio per l'evoluzione della società burkinabé globalmente intesa.

Poiché non esiste evoluzione sociale e politica senza rivoluzione, senza un cambiamento drastico, totale e onnicomprensivo delle condizioni di vita del popolo in un Paese.

Come non esiste una rivoluzione "vera e autentica" senza un cambiamento radicale della condizione sociale, civile, politica, ed economica, della donna stessa.

Il governo sankarista, infatti, comprendeva nei suoi ranghi la presenza di cinque donne e inglobava centralmente un "Ministero delle Politiche per la Donna" che avrebbe dovuto avere a cuore come tema principale della sua prassi l'intero ambito delle pari opportunità, inteso come espressione di cambiamento autentico per il Paese.

Per Thomas Sankara sarebbe stato, infatti, impensabile mettere in atto un cambiamento reale delle condizioni disastrate del Burkina Faso e del suo popolo lungamente vessato, afflitto e sfruttato, senza operare una vera e propria rivoluzione politica e sociale, con il suo inevitabile corredo di redistribuzione più equa delle risorse e delle ricchezze del Burkina Faso.

E all'interno di questo grande cambiamento, la liberazione della donna e la politica delle pari opportunità costituivano il tassello centrale, il punto nodale del problema e dunque della prassi rivoluzionaria.

Perché, all'oppressione del contadino e del proletario urbanizzato, per la donna si sommava anche, in

aggiunta, un ulteriore carico di oppressione che era quello che le veniva da parte dell'uomo, del maschio.
Da parte del marito e del padre.

Era un'oppressione presente e palpabile nella società, a partire proprio dalla famiglia e dai rapporti di forza insiti nel suo ambito, nonché dalle stesse dinamiche storicamente operanti nel suo seno.
Dinamiche storicamente date, nelle quali la donna viveva nei fatti un doppio carico di tirannia.
Tanto la tirannia che veniva dal colonialismo e dall'imperialismo politico e socio-economico e che investiva tutta la società, che quella collaterale che proveniva da una tradizione plurisecolare ma a tutti gli effetti discriminatoria ed opprimente per la donna stessa.

La "rivoluzione" dei popoli era la parola d'ordine per Thomas Sankara, visto che la liberazione della donna è una necessità del futuro e che il futuro, egli diceva, è ovunque nel Continente africano, foriero di rivoluzioni.
Questo affermava con certezza Thomas Sankara, in uno slancio ideale proiettato nella direzione del tempo a venire, verso quel futuro che batteva alla porta dei tempi e delle società, sia in Africa che in America Latina.

Di quelle stesse società che si erano con molta fatica nel corso del tempo liberate dal giogo coloniale, soprattutto in Africa dove più forte e più stringente era stato il colonialismo europeo moderno con il suo portato di crudeltà e con la stessa drammatica prassi plurisecolare della "Tratta degli Schiavi".
Quelle stesse società che avrebbero opposto con le loro Rivoluzioni popolari, appunto, il loro netto contrasto

all'oppressione politica neo-coloniale e alla rassegnazione e alla resilienza imposte ai loro stessi popoli dall'imperialismo contemporaneo.

Perciò, imposte proprio da quelle stesse Oligarchie trans-nazionali che stavano alla base -e ai vertici- del sistema di potere globalizzato ormai dominante, proprio a partire dalla seconda metà del XX secolo.

Però, in particolar modo, proprio la liberazione della donna costituiva per Sankara il "nodo gordiano", l'anello centrale del problema dell'oppressione dei popoli, nei due giovani continenti che si affacciavano, nella seconda metà del XX secolo, alla soglia della Storia dopo la plurisecolare vicenda del colonialismo europeo.

Quelle società che emergevano alla soglia di quell'età neo-coloniale ed imperiale che molto probabilmente sarebbe stata ancora più difficile e perniciosa della prima epoca coloniale, del colonialismo europeo classico.

E perdendo la lotta di liberazione della donna, si sarebbe perduto inevitabilmente anche il diritto di sperare in un cambiamento vero e reale della società nel suo complesso, e nell'efficacia stessa della rivoluzione popolare.

E questo non doveva e non poteva succedere, in alcun modo.

"Ecco perché, compagne, abbiamo bisogno di voi per la liberazione di tutti noi.

So che troverete sempre la forza e il tempo di aiutarci a salvare la nostra società.

Compagne, non c'è rivoluzione sociale vera se non quando la donna è liberata", diceva Thomas Sankara.

"Che i miei occhi non vedano una società, che i miei passi non mi trasportino in una società dove la metà della popolazione è tenuta nel silenzio.
Sento il frastuono di questo silenzio delle donne, sento il rumore della loro burrasca, sento la furia della loro rivolta.
Aspetto e spero nell'irruzione feconda della rivoluzione in cui le donne porteranno la forza e la rigorosa giustezza del loro animo oppresso.
Compagne, andiamo verso la conquista del futuro.
Il futuro è rivoluzionario, il futuro appartiene a chi lotta."

da "Thomas Sankara. I Discorsi e le Idee", Roma 2003.

Capovolgimento delle sorti

Quel pomeriggio avevo acceso il mio PC con l'idea di connettermi una mezz'ora con i canali informativi internazionali ed in particolare con il canale russo RT, Russia Today, che personalmente ritengo essere una fonte informativa estremamente seria e attendibile, ragione per la quale avevo cominciato proprio in quel periodo a seguirlo quotidianamente, nella sua versione in lingua inglese.

Tuttavia, prima di immergermi nella lettura e nell'ascolto del notiziario quotidiano offerto dal canale RT, avevo fatto un "salto" sul portale Yahoo che ospita la mia casella di posta elettronica.
Era una semplice quanto oziosa curiosità la mia in quel momento, lo confesso, visto che non aspettavo comunicazioni di sorta da parte di nessuno, e visto oltretutto che personalmente sono ancora quanto mai legata al cliché classicamente telefonico, inteso come strumento e come veicolo prioritario e quasi esclusivo di scambio di notizie rilevanti o meno rilevanti che siano.

Dunque, aprendo il portale Yahoo alla mia casella postale, mi ero resa conto che avevo un nuovo messaggio in arrivo, e perciò l'avevo subito aperto, ma senza particolare emozione, visto il fatto che mi sentivo oltremodo tranquilla in quei giorni e anche stranamente molto rilassata.

Perché mi sembra giusto e doveroso rimarcare questo fatto.

Forse che in quei giorni trascorsi a Roma avevo trovato la parvenza di un mio equilibrio interiore, un qualche genere di "quadra" con me stessa, e francamente mi sentivo appagata e quasi, quasi, anche felice, direi ...

Strano a dirsi, ma così stavano le cose nel mio animo, nella mia psiche, in quei giorni ...

Suppongo che mi avesse fatto bene aprire gli occhi sul mondo, finalmente, e non potevo che ringraziare la Divina Provvidenza manzonianamente intesa, per avermi dato l'opportunità di uscire finalmente dal mio guscio, dal mio "particulare", per approdare ad una più matura e responsabile ottica di vita.

Quella del sociale e del collettivo, certamente, che evidentemente faceva difetto nella mia impostazione esistenziale previa e che oggettivamente mi mancava.

Non posso che riconoscerlo e farne conseguentemente ammenda, infatti.

Perché ero da poco tempo entrata in una dimensione più prettamente sociale e collettiva, quella che inopinatamente avevo tralasciato di contemplare nel corso della mia vita fino a quel momento, erroneamente ritenendola marginale e di scarsa rilevanza, di ben poco conto.

Compiendo così all'epoca, mio malgrado, un errore sommo e imperdonabile, del quale avevo comunque fatto onestamente un Mea Culpa tra me e me, decisa

com'ero a cambiare la mia impostazione di vita e la mia
ottica dei fatti, a cambiare definitivamente strada,
allontanandomi se possibile da una visione
drammaticamente egocentrica e solipsistica, ego-
centrata, del quotidiano rutinario e non, che caratterizza
invece il Modus Essendi di moltissime donne.

"Meglio tardi che mai", mi ero detta, come recita
quell'antico e saggio adagio che tutti noi conosciamo.

Ritornando al messaggio in arrivo, lo avevo aperto senza
la minima ansia, notando che veniva da mio marito e
che mi era stato inviato giusto mezz'ora prima, soltanto.
Ero dunque in tempo per leggerlo e per rispondergli con
un certo tempismo che non guasta mai, in tutti i modi e
in tutti i rapporti.

Ma proprio leggendo la e-mail di Claudio ero rimasta
alquanto sorpresa e praticamente senza parole, perché
quasi, quasi, sembrava che la missiva non fosse stata
scritta da lui.
Tanto per la forma, che appariva particolarmente
semplice ed immediata, quanto per il contenuto, che mi
aveva lasciata a dire poco a bocca aperta, assolutamente
incredula e decisamente sorpresa.

Perché, prima di tutto, lui si rivolgeva a me con la parola
"Amore", una parola che lui non aveva mai usato con
me nella sua vita, visto che non mi aveva mai chiamata
in questo modo ...
E poi perché mi spiegava con un senso di profondo
malessere e di afflizione tangibili, quanto fossero stati

duri per lui, duri e infelici, pesanti da sopportare, quei sei mesi trascorsi nella solitudine, lontano da me.

E mi chiedeva, quasi in ginocchio (lo vedevo e lo sentivo) di ritornare da lui, perché lui mi aspettava con ansia e trepidazione, come non mai.
Infine, a piè della missiva, faceva definitiva e formale ammenda, scusandosi per quelle parole "ostili e squallide" che aveva usato nei miei confronti quella sera a Dar es Salaam, nel corso della cena in quel bel ristorante libanese.

E mi chiedeva quasi in ginocchio, di scusarlo e di perdonarlo definitivamente, e perciò anche di dimenticare quell'infelice esperienza.
Visto che lui sapeva perfettamente e se ne rendeva conto pienamente, che quelle parole non coincidevano affatto con i suoi pensieri e con i suoi sentimenti.
Con il profondo amore che, in realtà, mi aveva sempre voluto e che tuttora mi voleva, con tutto il suo cuore.

Claudio concludeva così la sua lettera, dicendo che mi aspettava con ansia, augurandosi di rifondare ex novo la nostra relazione, visto che lui sapeva perfettamente di amarmi come non avrebbe mai potuto amare nessuna altra donna al mondo.

E leggendo la lettera di mio marito ero rimasta con il cuore in mano, letteralmente, perché non potevo in alcun modo soprassedere a quelle sue parole accorate e strazianti.
"No, assolutamente", mi ero detta.

Perché io non sono solita disprezzare l'amore e tanto meno disprezzare colui che mi ama.

Ero cambiata in questi mesi, e adesso potevo (e forse proprio per questo) apprezzare la naturale sincerità di colui che scriveva e dimenticare quell'evento del passato recente, anzi recentissimo, che mi aveva ferita e intrinsecamente umiliata, fin nel profondo del mio cuore.

Perché niente è impossibile per colui che intensamente voglia e desideri qualcosa di Buono e di Bello, sia chiaro.
"Nihil difficile Volenti", come recita quell'incisivo quanto notissimo adagio latino.

Quindi mi sarei preparata per partire e per raggiungere mio marito in Africa, ricominciando lì il nostro nuovo rapporto.

E avevo le lacrime agli occhi quel primo pomeriggio estivo, mentre ero seduta nella penombra e nel silenzio arioso della stanza, e guardavo fissamente lo schermo del mio computer senza neppure vederlo.
Perché si apriva in quel mentre una nuova epoca della mia vita e io dovevo necessariamente afferrarla, coglierla al volo, declinando coscientemente la gamma delle opportunità nuove e novelle che si schiudevano allora davanti ai miei occhi, vagamente assonnati e realmente increduli.

Bene Sommo

Mi sono sempre detta che per cambiare la nostra vita dobbiamo cambiare noi stessi.

Dobbiamo cominciare con il cambiare la nostra concezione del mondo e la concezione che abbiamo della nostra esistenza e di quella altrui.

E dobbiamo aprirci al mondo, cosa fondamentale, che adesso penso.

Per cambiare la nostra vita di donne dobbiamo diventare più mature, più sagge, più sapienti, e forse anche più coerenti con noi stesse.

Perché pure in questo approccio e, soprattutto in questo approccio direi, consiste lo spirito più autentico della "rivoluzione" nel senso sankarista del termine.

Perché si tratta di una rivoluzione nella rivoluzione.

Si tratta di una "rivoluzione copernicana" del nostro Ego profondo, del nostro Ego storico individuale, e su questo punto non ho dubbi.

Come non ho dubbi sul fatto che proprio questa rivoluzione è da ritenersi necessaria e benvenuta nella nostra vita individuale.

Perché è certamente vero che il piano sociale è d'importanza fondamentale nella nostra esistenza, ma non solo.

Visto che è sul piano individuale che si gioca la "nostra partita" in seno alla collettività stessa.

E il cambiamento operato nella nostra vita individuale può essere pensato anche nella sua dimensione collettiva, nel momento in cui ci sentiamo parte integrante di un tutto socialmente inteso ed orientato, dunque di una società.

Questo salto io l'ho già fatto o, meglio, sono riuscita a farlo nella mia vita recente, forse in maniera del tutto indipendente dalla mia diretta volontà, come molto spesso succede nella nostra esistenza.

Ci corichiamo adolescenti e fanciulli e ci ritroviamo, il giorno dopo, adulti e razionali.

E pienamente consapevoli.

Segno che siamo cresciuti, che ci siamo "evoluti", magari proprio nello spazio di una notte e magari nostro malgrado …

Nel breve spazio di una notte di plenilunio, per dirla poeticamente.

E proprio in quei giorni in cui approntavo il mio bagaglio di viaggio, era saltata fuori di nuovo quella carta da gioco, quel Re di Cuori, che avevo per caso tempo addietro trovato sul carrello porta-vivande del ristorante libanese e che avevo preso con me, infilandola nella mia pochette, quella sera a Dar es Salaam.

In quell'elegante ristorante esotico, durante la "funestata" cena consumata a lume di candela con mio marito Claudio.

Di quella cena ormai lontana, della quale ricordavo ancora nitidamente la fiamma calda e dorata delle Swazi Kandles, di quelle bellissime candele dipinte a mano, prodotte nel Regno dello Swaziland, oggi Eswatini.

Ed era saltata fuori di nuovo, come per miracolo, quella carta da gioco, quel mirabile Re di Cuori, che tutto può voler dire e tutto può voler significare, ma che certamente fa pensare ad un Bene Supremo e Superiore, al Kantiano "Sommo Bene", e a Dio stesso.
Perché indica e addita quel Bene prezioso per eccellenza che, a mio parere, non può che essere l'Amore.
L'amore che non deve essere inteso soltanto come sentimento nei confronti di qualcuno, di una persona nello specifico.
Ma come un sentimento poliedrico, esperito anche nei confronti di qualcosa e per qualcosa, fosse anche un luogo, un ideale, o un Ethos.
"Ama chi vuoi, e ama ciò che vuoi", mi dico.

E credo proprio che quella mattina atterrando di buon'ora all'aeroporto internazionale "Julius Nyerere" di Dar es Salaam, avessi pienamente colto il senso ultimo del mio amore, che era nuovo, intenso e profondo.
Che era l'Amore per l'Africa.
L'amore per il suo Ethos antico e imperituro, decisamente encomiabile e splendente.

Roma, 16 Maggio 2022